Re... «cuentando» vidas
2ª edición

¡Vaya cuento que tienen! Y uno más

Francisco J. Pérez Huertas

Dibujos: Jenaro Argente

Primera edición marzo de 2018
Segunda edición abril de 2021
Impreso en España

© Textos y fotografía de portada: Francisco J. Pérez Huertas.
© Dibujos: Jenaro Argente Alcaraz

ISBN: 978-84-697-9783-9

Agradecimientos

A mi compañera, amiga y amada, Gemma Teso Alonso por su inspiración y acompañamiento, antes y durante la elaboración de este libro.

A mis hijos, Ángel y Mario por ser la chispa y el motor que me pusieron delante de una hoja de papel en blanco, aunque me hayan robado muchas horas para llenarlo de palabras.

De todo corazón a Jenaro Argente, coautor, maquetador y coeditor de la obra.

A tantos amigos y ciudadanos anónimos que han inspirado la mayoría de los relatos que se incluyen en el libro. Sin su ejemplo, sin ellos, estos cuentos no habrían sido posible.

¡Vaya cuento que tienen!

Gracias a todos por concederme un sueño.

Francisco J. Pérez Huertas

A mi hermano Joaquín; descanse en paz.
A Paco, cuyos relatos han sido fuente de inspiración de los dibujos.

Jenaro Argente Alcaraz

Nunca la creí...

A ritmo de vals circulaban sobre la pista unas quince parejas de todas las edades. Eduard las dirigía y corregía, desde el centro del salón, con un correcto castellano matizado por su inconfundible acento alemán, a pesar de llevar más de treinta años residiendo en Palma de Mallorca. Su mujer Elisabeth una inglesa de sesenta y cinco años, esbelta y elegante, que aún conservaba esos rasgos que delataban una gran belleza en la juventud, tarareaba el característico ritmo de vals, desde la zona elevada del antiguo salón de baile, mientras señalaba el compás con las manos. Ambos formaron una gran pareja galardonada internacionalmente. Ahora en su edad de oro se dedicaban a la enseñanza de lo que había sido su vida.

Jaime se afanaba en mantener el paso. Hacía un mes y medio desde que acompañó a su amigo Vicente por simple y llana curiosidad, ahora todos los viernes iba a tomar clases de baile sin falta. Era uno de los más jóvenes de la sala, con tan solo veintidós años en su haber. Su pareja solía ser Luisa, una de las pocas mujeres que acudían en solitario a la academia del señor Eduard. Luisa tenía cerca de treinta años y, aunque al principio le impuso algo de respeto, su carácter afable y su falta de pericia similar a la suya, les hizo congeniar enseguida. Luisa no era una mujer que Jaime pudiera considerar bella, aunque sí hermosa, con un atractivo especial, no sólo físico. Le atrajo de ella su jovial madurez, su confortable sensualidad, y su alegre carácter. Aunque poco le duraron sus expectativas hacia ella tras confesarle Luisa su relación con un hombre casado en una de las muchas conversaciones que mantenían entre baile y baile.

Aquella tarde Jaime se esforzaba por tirar de su pareja. Luisa presa de un visible estado de desánimo, había acudido a clase tras la insistencia de su hermana Clara, que junto a su novio eran una de las más experimentadas parejas de la sala. Jaime no había querido preguntar por el contundente moratón que mal disimulado por el maquillaje, lucía en el ojo derecho. Había tratado de animarla con malos chistes, y jocosos comentarios de los desaciertos de otras parejas y de los suyos propios, logrando arrancarle sólo algunas tibias sonrisas y algún que otro monosílabo. Entre bailes, y en los distintos cambios de pareja que se iban sucediendo Jaime consiguió, con la ayuda de Clara, que un grupo se quedara al final de clase para picar algo en un pequeño *celler* entre el *carrer* de la Botería y de la Mar, en la zona de la lonja y tomar después una copa en el Ábaco. Luisa acepto a regañadientes, oliéndose la jugada pues en varias ocasiones había declarado su predilección por la decoración romana de este local y su ambiente refinado.

En el pequeño *celler* ocuparon una mesa para diez comensales. A pesar de la animada conversación Luisa se mantuvo esquiva y pensativa. Durante el pequeño paseo desde la taberna, por la Botería y el Paseo de Sant Joan, hasta el Ábaco Jaime decidió hacer las dos difíciles preguntas ¿cómo? y ¿por qué? A lo que Luisa correspondió con evasivas, y acabo alegando un estúpido accidente doméstico.

Cuando comenzaron con el segundo *gyntonic*, el grupo se había reducido ya a siete personas, Luisa, Jaime, Clara, su novio Miguel y tres mujeres cercanas a los cuarenta años, Magda, Luna y Silvia, todas rebosantes de energía y un aguante al alcohol de primera, pues sus copas de vino durante la cena cayeron de tres en tres. Luisa parecía más animada, y aunque la conversación había pasado ya por distintas fases, ahora ganaba cierta profundidad cuando alguien pronuncio la palabra «patriarcado».

– Tal y cómo yo lo veo, esto sigue igual. Qué si discriminación positiva que si políticas de igualdad, y al final mi jefe es un tío, el único del departamento. - aclaró Magda la mayor del grupo.

– ¿Y qué esperabas? El patriarcado subyace históricamente en nuestras mentes, se transmite de generación en generación.

Afirmó Luna, con rotundidad.

— Y sobre todo lo transmiten las madres. - puntualizó Jaime con cierta cautela.

Miguel se removía incomodo ante la severa mirada de su novia. Clara se levantó.

— Bueno chicos y chicas. - enfatizó la dualidad, arrastrando las palabras - Nosotros nos vamos, mañana tenemos lío en casa de Miguel. - dijo mientras ofrecía la mano a su novio.

Todos se levantaron para despedir a la pareja, en un cruce de besos y parabienes muy protocolario.

— Creo que yo también me debería ir. El sexo masculino me deja solo y expuesto ante experimentadas mujeres. - sentenció Jaime con una ligera sonrisa y un guiño para Luisa.

— Ni se te ocurra. Has sido el promotor de todo esto, y tú te quedas hasta el final. - le corrigió Luisa.

Apuraron sus copas entre risas, con algunas de las chanzas que Silvia, locuazmente, relataba sobre hombres. Luisa se encontraba ya bastante animada y sonriente. Nadie parecía tener prisa. El ambiente distendido, la conversación y los efectos del alcohol, habían generado una atmósfera de camaradería entre las cuatro mujeres, donde Jaime parecía no encajar, pero que sin embargo disfrutaba cómo una más.

— Os propongo tomar la última en un apartamento del que dispongo, aquí cerca en la dársena de Santa Bárbara. - ofreció Luisa, mientras hacía señas al camarero para que trajera la cuenta.

— Está claro que esto no lo podemos dejar así, en lo mejor. - afirmó Luna.

— Y lo qué está aprendiendo este joven. - dijo Magda.

— Y lo qué le queda. - apuntó Luisa mientras cogía a Jaime de la mano y tiraba de él en dirección a la salida. Todas asintieron y emprendieron la marcha tras ellos.

Luisa abrió la puerta. Encendió las luces y un gran ventanal con vistas al puerto, junto al paseo marítimo, suscitó palabras de exclamación entre sus invitados. Luego dedicó unos breves minutos a mostrarles la lujosa vivienda decorada de manera sencilla pero elegante. Además, disponía de un dormitorio con una espléndida cama de agua, donde Silvia se permitió una pequeña voltereta, entre risas y chismorreos obscenos de la concurrencia. Enseñó la cocina con los más modernos electrodomésticos, y finalmente un precioso baño con jacuzzi.

De vuelta a la sala Luisa se acercó al mueble bar y saco varias botellas.

— Jaime, cielo ¿serías tan amable de traer hielo de la cocina?

Jaime que miraba por el ventanal, sin decir nada, se dirigió a la cocina.

— ¡Luisa, no encuentro la nevera!

— Está dentro de la despensa, junto al tendedero.

— ¡Ok!

Abrió la puerta de la despensa y, sin encender la luz, se dirigió al frigorífico. Le costó encontrar el dispensador de hielo, pero tras hacerlo sacó una bandeja llena de hielo con ambas manos. Al salir cerró la puerta con un puntapié. El portazo hizo que el cadáver que se encontraba escondido entre la nevera y el escobero rodara por el suelo. Jaime miró hacia atrás con una ligera expresión de sorpresa que se tornó dura, pero continuó hasta el salón.

Una vez sentados frente al mirador en unos cómodos sofás, Luisa ofreció algo de beber a sus camaradas de farra.

— ¡Cómo te cuidas Luisa! - dijo Luna mientras ofrecía su vaso para que Luisa le sirviera un whisky. - Y un par de hielos, por favor.

— ¿Qué tomarás, Jaime?

— Yo preferiría seguir con la ginebra y la tónica.

— ¡Perfecto!

Cuando todos dispusieron de un vaso en la mano, Jaime propuso un brindis.

— ¡Por las grandes mujeres!

— Por ellas. - corearon todas al unísono.

Entrechocaron sus vasos y bebieron. Tras un pequeño silencio lleno de miradas, Luisa tomo la palabra.

— Os agradezco vuestro apoyo y amistad. Y he de ser franca con vosotros, este moratón no es fruto de un accidente. - hizo una pequeña pausa para coger aire - He sido objeto de una agresión por parte de mi amante, tras una discusión ayer noche, aquí mismo.

— Ese hijo puta no te merece, sea quien sea. - intentó consolarla Silvia al notar el temblor de su voz.

— Mierda de tíos ¿quién los necesita? - continuó Magda con una mueca de asco en la boca.

Jaime seguía callado, circunspecto. Él había supuesto lo que había pasado, había estado prácticamente seguro de ello. Creía conocer a Luisa lo suficiente, una mujer abierta y sincera, para advertir no sólo los signos inequívocos de aquel golpe.

— No lo entiendo. Se ha desvivido por mí, me ha cubierto de regalos y atenciones; este apartamento me lo cedió para que hiciera lo que quisiera. ¿qué ha cambiado? - hizo una pausa que parecía no necesitar una respuesta - Durante el último mes aumentó, sin razón aparente ninguna, su mal carácter y su agresividad verbal hacia mí. Al principio lo achaqué a problemas en los negocios... no sé qué pensar... Todo lo que yo hacía estaba mal, y... - terminó con un breve sollozo.

– Parece la historia de mi vida, cariño, sólo que fue durante diez años. Hasta que tuve los arrestos de separarme de aquel mal nacido. - expuso con voz de enfado Magda.

Luna y Silvia se removieron en sus asientos, mirando a Magda con vivo interés. Jaime se sentó junto a Luisa y le tomó las manos. Luisa bajo la cabeza. Jaime cogiendo su barbilla se la levantó, y depositó un suave beso en el ojo amoratado, ante la atenta mirada del resto.

– No sólo duelen los golpes.

– Así es Luisa. Yo también he sufrido la violencia de un macho engreído en mi puesto de trabajo. Nunca me pegó, pero el trato autoritario, vejatorio, rayando lo violento, los comentarios insultantes por parte de mi jefe duraron lo suficiente para que tres años más tarde tenga que seguir en terapia, y me cueste hablar de ello ¡Y todo por ser mujer! - terminó Silvia con un visible temblor en sus palabras y en sus labios.

– Bueno parece que hemos entrado en el terreno de las confesiones de lo inconfesable. - apuntó Luna.

— ¿Por qué debe ser inconfesable? ¿por qué? - alzó la voz Jaime, haciendo que todas le miraran boquiabiertos y paralizadas - No lo entiendo. Soy un hombre. Sí, pero lo comprendo. No sé qué nos pasa…. Tampoco somos todos ¡pero esto es una puta mierda! - se le quebró la voz.

Un silencio agónico sobre paso la estancia. Todos permanecían con la mirada pérdida. Luisa metió la cara entre las manos. Luna decidió romperlo.

— Parece que me toca... Yo también tengo mi historia y es bastante reciente.

— Coño, no se salva nadie. - interrumpió Magda.

— Todavía no se lo he contado a nadie. No sé si porque pensé que nadie me creería o que simplemente no serviría de nada. Lo cierto es que mi socio ha estado acosándome sexualmente. Hace un año que participo en una empresa inmobiliaria, fruto de la absorción por una gran cadena de la isla de mi pequeña y exitosa agencia. Al principio, que si estás muy buena, que si tu novio se lo pasara en grande, y pensé bueno otro que quiere hacerse el gracioso. Pero desde hace dos meses comenzó a mirarme descaradamente el escote o el trasero, de ahí pasó a tocarme el culo haciéndose el encontradizo, y lo último fue que intentó besarme y meterme mano la última vez que nos quedamos solos.

— ¡Menudo cabronazo! Lo habrás denunciado ¿no? - preguntó Silvia con expresión de enfado.

— Sí, mi abogado le mandó un burofax pidiéndole que se mantuviera a distancia de mí. Y la respuesta del hijo de la gran puta ha sido arruinarme llevándose por la puerta de atrás todo el capital disponible a otra de sus sociedades... - terminó Luna su historia, increíblemente serena.

— Siento…, de verdad, siento mucho que por mi culpa estemos todas reviviendo miserias. - dijo Luisa con un acentuado tono de culpabilidad.

— No te preocupes, mujer. - la tranquilizo Magda - Mi desgraciado matrimonio me hizo más fuerte. Me hizo valorar más a mis amigos, los de verdad, que disfrutara aún más de mi tiempo... ¡qué viviese! Aquel cabrón me tuvo meses pleiteando, difamándome, puteándome todo lo que pudo ¿si aquello me ha dejado huella? Sí, por supuesto, pero ahora soy yo, no su sombra, ni su paño de lágrimas, ni su puta cuando no tenía con quién acostarse. Me cago en su negro corazón... - Magda levantó el vaso lentamente.

— ¡Por nosotras! - propuso.

Y todos acudieron a golpear el cristal de aquella copa,

animosamente. Para luego apurar el vaso hasta el final, con ansia.

— ¿Quién quiere otra? - mostró el vaso vacío Luisa. Voy a por más hielo.

Y se levantó rumbo a la cocina. Jaime, con rostro serio, la siguió con la mirada.

Un grito agudo y angustiado que parecía surgir del centro de la tierra sobresaltó a todos los presentes. Jaime abandonó a la carrera la habitación. Tras él corrieron Magda, Luna y Silvia. Delante de la puerta pudieron observar cómo Jaime sujetaba a Luisa que parecía desplomarse, mientras miraba un oscuro bulto en el suelo. Se acercaron, lentamente, con cautela ante lo que pudieran encontrar. El grito fue unánime.

— ¡Dios mío! - exclamó Silvia.

— ¡Hostias! - gritó Luna pegando un brinco.

— ¡Será hijoputa! - dijo acercándose Magda y dándole una patada con saña.

Jaime, una vez comprobó que Luisa se encontraba bien, la dejó sentada en una silla de la mesa de la cocina. Volvió hacia la despensa apartando a las tres mujeres, y cerró la puerta.

— Venga, vamos. - y tras una breve pausa dubitativa, añadió - Habrá que llamar a la policía.

— Espera un momento, no te precipites. - replicó Luna.

Silvia se había sentado al lado de Luisa, Magda y Luna hicieron lo mismo, y Jaime fue a buscar una silla al salón para hacer lo propio. Un silencio denso sobrevolaba la estancia. Las miradas hacia la puerta se repetían una y otra vez.

— ¿Por qué le has dado una patada? - preguntó Luisa dirigiéndose a Magda.

— Ese hijo de puta es… era mi exmarido ¿se puede saber qué hace muerto en tu cocina?

— Era mi amante, el cabrón que me hizo esto. - dijo Luisa que se señaló el ojo, ostensiblemente nerviosa - No sé porque está muerto, algo que no puedo negar deseara ayer por la noche.

— Bien, vale, pero habrá que llamar a la policía, insisto.

— Antes de hacer nada valoremos la situación. - apuntó Luna con una pasmosa serenidad.

— Hijo de puta, cabrón, cabronazo, muérete, cerdo...

— Tranquila, tranquila…. Respira hondo, relájate. - intervino Jaime ante la crisis de Silvia.

— No sé qué está pasando aquí, pero ese hombre además de ser el exmarido de Magda y el amante de Luisa, era mi socio, el hombre que me ha dejado en la ruina, él que acabó con la empresa de mi vida. No estoy apenada por su muerte.

— Una comemierda, y un jefe hijo de puta. También es eso.

Concluyo Silvia con lágrimas en los ojos y una medio sonrisa que daba miedo.

Luisa se levantó. Comenzó a caminar en círculos como un autómata. El resto calló. Nadie se atrevió a intervenir. Las miradas se entrecruzaban en todas las direcciones y el ambiente se fue serenando lentamente. Jaime se acercó al fregadero tomó un vaso y lo lleno de agua. Se lo bebió de un trago y lo volvió a llenar.

— ¿Me das uno a mí? - le pidió Silvia.

— ¿Estamos seguros de qué está muerto? - preguntó Luna con mucha serenidad.

— No me cabe la menor duda de ello. - afirmó Jaime, una vez que se hubo sentado.

— Lo que está claro es que ese hombre, es… era… tenía algo que ver, algo malo que ver con todas vosotras.

— Cierto - confirmó Luna - y eso nos hace sospechosas a todas, yo diría que a partes iguales.

— Pero yo no lo he matado. - lloriqueó Silvia.

— Si no lo hice en su día ¿por qué habría de hacerlo ahora?

— Yo diría que Luisa y Luna tienen muchos más motivos. - comentó Magda.

— ¿Tú crees, de verdad, que si lo hubiese matado ocultaría el cadáver en mi casa?

— En su casa, querrás decir cariño. - puntualizó Luna.

— Vale, y que más da. Yo no he sido.

Todos miraban a Luna esperando una confirmación de lo qué pasaba por sus cabezas.

— No pensareis en serio que he sido yo. O sí, claro que lo pensáis. Pues quizás haya sido yo, pero igual que todas vosotras. Qué casualidad, todas tenemos cuentas pendientes con ese hombre, somos amigas que bailan juntas en la academia del señor Eduard, y todas acabamos en casa de la víctima el día de su muerte.

— Creo que Luna tiene razón. Habría que valorar todo esto antes de acudir a la policía.

— Sería mejor evitarlo. - intervino Magda.

— ¿Quién va a echar en falta a este demonio? No tiene amigos, no tiene mujer, ni hijos, ni socios, ni empleados, ni familia. Deshagámonos del cuerpo y punto final. - propuso Luna con mucha seguridad.

— ¿Qué opinas Luisa?

— No sé, Jaime. Esto me sobrepasa.

— ¿Y tú, Silvia?

— Creo que Magda y Luna podrían tener razón.

De nuevo el silencio se instaló en la sala. Todos mostraban señales de cansancio y de abatimiento. Luna se levantó en dirección a la despensa y abrió la puerta. Todos se giraron con un gesto reprobatorio.

— ¿Qué hacemos? No cabe duda de que era un desgraciado, una mala persona, de esas que la sociedad puede prescindir ¿cómo puedo ayudaros?

— Jaime, tienes que deshacerte del cadáver. Tú no eres sospechoso de nada ¡Hazlo por nosotras! También por todas las mujeres que sufren la violencia que tú genero provoca. Podrías compensar así un poco esa balanza tan inclinada hacia los hombres...

— No me parece… no sé qué decir. Os comprendo, os entiendo, os quiero, pero eso no me parece lo correcto.

— ¿Es correcto acosar en el trabajo? ¿es apropiado golpear mujeres? ¿es justo abusar sexualmente de ellas? ¿es necesario machacar exesposas? Yo creo que no. - insistió Luna con expresión crispada.

— Bien, os ayudaré.

Dispusieron todo para hacer desaparecer el cuerpo inerte de aquel hombre. Jaime se encargó de buscar un medio de transporte. Silvia y Luisa limpiaron a fondo el apartamento, mientras Magda y Luna, mucho más tranquilas, envolvieron el cadáver con sábanas y bolsas de plástico. Tras planificar las coartadas de cada una de ellas, abandonaron de manera secuenciada el apartamento. Jaime espero a que pasaran los servicios de limpieza, y a las cuatro de la madrugada, tras comprobar que no encontraría a nadie por los alrededores, empujo un carro con el cuerpo al fondo de la dársena, donde había amarrado varias pesas con cinta americana. Luego volvió paseando por el paseo marítimo canturreando «*tonto, tonto eres, no te pienses mejor que las mujeres. Malo, malo eres…*»

¡Perdón! Con permiso ¿te importa qué me explique? La verdad es que estaba deseando que me lo pidieran, es más lo había planificado hasta el último detalle. Yo era el mínimo factor común. En el segundo mes de mis prácticas, hace tres años, en el despacho de mi tío Alberto conocí todos los entresijos del traumático divorcio de Magda. Javier su exmarido la acusó de cuanto pudo y más, sus abogados destrozaron con pruebas falsas y manipuladas la pobre defensa que planteó el bufete de abogados donde era becario. De Luna conocí, recientemente, todos los ardides legales y alégales que utilizó Javier para apropiarse de su negocio, dado que trabajaba contratado para *Fuster&Borrás,* gabinete jurídico que defendía los intereses del finado, por ello, tuve fácil acceso al dosier. En cuanto a Silvia da la casualidad de que mi hermana Laura era su terapeuta. Fue muy sencillo acceder a su expediente. De esto hace ya dos años, justo cuando localicé al que fuera amante de mi madre. Francamente ese engendro la había dejado muy tocada. De Luisa, y su relación con aquel hombre, por llamarle de alguna manera, tuve conocimiento tras haberle seguido durante varios meses. Entablar amistad con ella era pan comido, porque es una estupenda persona, y, principalmente, cuando sabes todo lo que yo sabía.

Alguien se preguntará que hago yo en medio de todo esto. Cuatro mujeres maltratadas por el mismo hombre. El nexo en común arranca hace cuatro años. Desde entonces lleva mi madre ingresada en un hospital, imposibilitada de cuello para abajo tras sufrir un brutal accidente allí en aquel apartamento. Sí, en el mismo que acabamos de abandonar. Ella nunca quiso confesarme lo inconfesable, y siempre sostuvo que se trató de un tonto accidente doméstico en casa del entonces su amante. Por supuesto nunca la creí, o más bien nunca lo entendí.

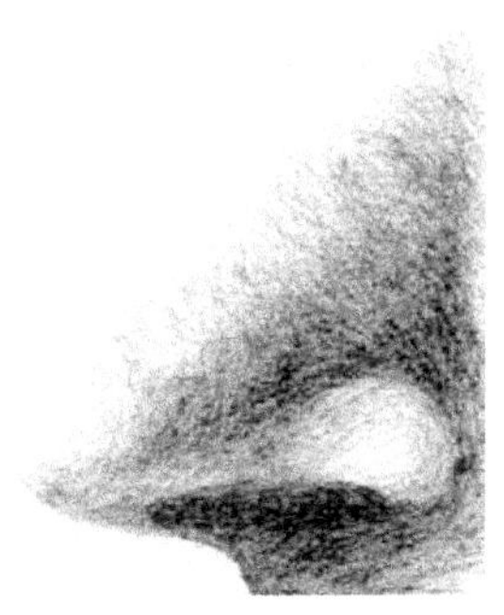

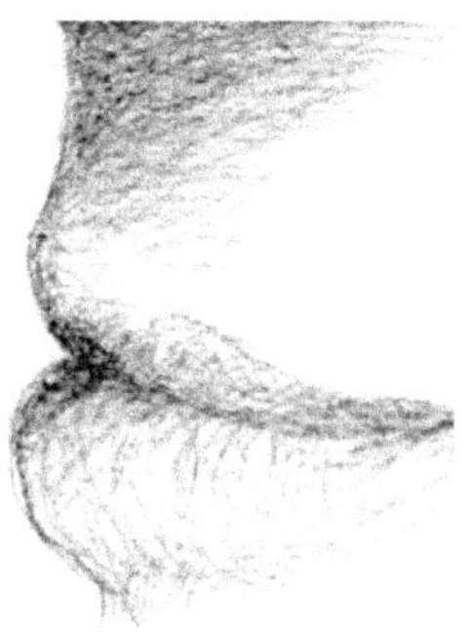

Por la tremenda

Su posición era crítica ya que el fuego cruzado los hacía muy vulnerables. Donald, George y Ronald esperaron durante casi dos horas una ayuda que no llegaba. Sin apenas munición la situación era desesperada. Ronald estaba inmóvil y sangraba por la cabeza, necesitaba atención médica urgente. George con el costado agujereado y apoyando la mano sobre la herida con un pañuelo, respiraba dificultosamente. El único que se mantenía en pie, y agotaba su cargador con disparos sin sentido, era Donald. El fuego enemigo arreció. Donald fue a comprobar el estado de Ronald. Respiraba a duras penas. George murmuraba palabras ininteligibles. Se removió con cuidado hasta George. Un mortero impacto a pocos metros. Entre el balbuceo de George y el aturdimiento que le provocó la explosión creyó entender, de las palabras de este, algo así cómo ¿qué demonios hacían allí? Salvar al mundo, pensó Donald, eso es lo que hacían.

Cerca de ellos alguien levantó una bandera en signo de victoria. Lucas se acercó hasta ellos.

— Venga arriba. Habéis vuelto a perder.

— Joder, no damos una. - exclamó Ronald.

— Siempre pierdo porque la conexión va lenta. - se justificó con cara de pena Donald.

- Esos mierdas con barbas y turbantes me tienen hasta los cojones. - intervino George.
- A mí me joden más los chinos que invaden nuestros mercados, y encima no soporto sus ojitos rasgados. - afirmó Donald.

Lucas se despidió de sus tres compañeros de juego pensando que ¿de dónde habrían salido aquellos pájaros? Le daban muy mala espina. Se lo tomaban todo por la tremenda.

- ¿Con quién jugabas, hijo?
- Ni idea. Con tres payasos con aires de grandeza.
- Vamos, déjalo ya. A poner la mesa.
- Otra partidita, anda...

Su madre se acercó, le quitó los micro-cascos y el mando de un tirón, y volvió a la cocina.

- Si en cinco minutos no has puesto la mesa, despídete de la Play hasta mañana.

Lucas comenzó a poner el mantel, los platos, vasos y cubiertos, mientras miraba distraídamente el resumen de la jornada de la liga en la tele. La cadena interrumpió su emisión para emitir una noticia de última hora. La presentadora anunció, con cara de circunstancias, cómo el presidente de los Estados Unidos, tras una reunión con varios expresidentes del partido republicano, había declarado la guerra a China. Su madre horrorizada dejó caer la cazuela con el guiso. La presentadora leyó un *twit* que Donald Trump había escrito hacía pocos minutos «*Los Estados Unidos de América no puede seguir permitiendo el colonialismo financiero y económico que esos pequeñajos de ojitos rasgados están ejerciendo contra el resto del mundo. Acabaremos con ellos*». También refirió el anuncio del presidente de que sólo jugara con la Xbox, siempre y cuando ésta se hubiera fabricado en Estados Unidos.

Lucas se quedó pensativo ¿no habrá sido culpa mía? A lo mejor los debería haber dejado ganar...

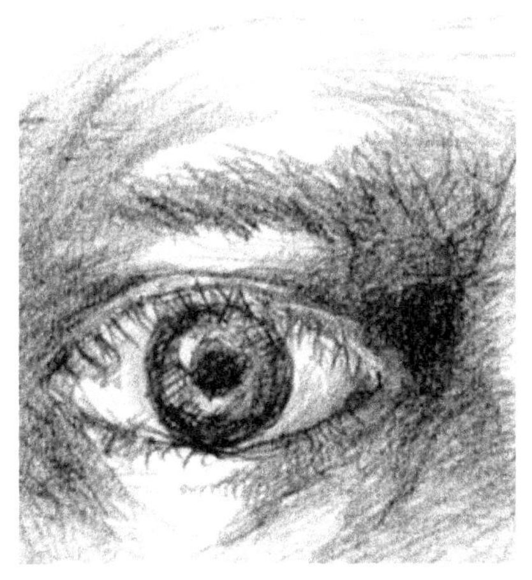

Desembarco en año nuevo

Diario de abordo de Mario López Hernández

Palma de Mallorca, 25 de enero de 2016

Después del amargor del dolor podrido que permanece en lo más profundo de mi ser ¡estoy vivo! Uno de mis propósitos para este año que despunta es escribir. He decidido comenzar por lo que llamaría un diario de abordo. No sé si tratará de la nave humana que me transporta sin consuelo o de la nueva derrota que traza mi vida.

Hoy me he embarcado en una insospechada aventura: formar parte de la tripulación del *CristalWater VI-Zorba*, unos de los barcos de la organización homónima, *CristalWater*. Un proyecto que busca analizar la contaminación de las aguas marinas durante un año, siguiendo el rumbo de buques mercantes y petroleros que cruzan el Atlántico y que entran en el Mediterráneo. Este se presentará al mundo el uno de enero de dos mil diecisiete en Mahón. He conocido a Oriol, nuestro capitán, un enjuto marino profesional de pelo largo y rubio contratado por la organización ecologista. He sido el primero en presentarme abordo junto con Jorge. Mi parlanchín y mujeriego amigo ha sido el inductor de este giro en mi vida. Tras una dramática ruptura con mi pareja Laura, el pasado mes de octubre, que me ha dejado más sonado de lo que sería capaz de reconocer en público, Jorge me contó su alocada idea. Así me lo pareció entonces. Hace un mes, era yo quién le pedía ayuda para enrolarme en este barco, desde el que esbozo estas líneas.

S'Espalmador, 29 de enero de 2016

Tras sobrepasar los Freus a medio día, hemos fondeado frente a la conocida playa de S'Espalmador. Una lucha interior que aún pugna por desalojar los fantasmas de mi pasado más reciente, parece ir cediendo con el paso de los días en favor del rol de marinero que me han encomendado.

Llevamos cuatro días intensos de adaptación a este viejo velero remodelado, un *Queche cutter* de dos palos, mayor y mesana. Construido en madera tiene una eslora de dieciocho metros y una manga de cinco. En proa dispone de un botalón de algo más de un metro. Y está preparado para navegar con hasta cuatro velas. Ha sido equipado con un pequeño aerogenerador sobre el palo de mesana y cuatro placas solares a popa que permiten ayudar a cargar las baterías utilizando energías limpias.

También he tenido tiempo de conocer al resto de la tripulación.

Lidera la parte técnica del programa a desarrollar, Juanma. Un hombre oscuro, químico profesional que ha trabajado en importantes empresas del sector, y ahora quiere resarcir a la sociedad. Forman parte del equipo dos estudiantes de doctorado de la facultad de biología de Palma de Mallorca, Lucía y Sol. Lucía es una despampanante morena de uno setenta y pico de altura, que no encaja en mis esquemas estereotipados de ecologista y activista, y que tiene loco a Jorge que no se esperaba algo así a bordo. Sol, en cambio, algo más baja y pelirroja, es una erudita en zoología marina, con aspecto de haber cantado con *John Lennon*. Completan el grupo un matrimonio vasco de treinta y pocos años, Unai y Alba, militantes de la organización desde su inicio, muy discutidores entre ellos y con los demás.

En algún punto cerca de las islas Canarias, 7 de febrero de 2016

Agradezco no tener el tiempo ni el reposo suficiente para escribir todos los días. Un aura de nostalgia nebulosa envuelve cualquier acto reflexivo que practique. El trabajo abordo es intenso, y la convivencia en un espacio reducido, compleja. Las tareas están repartidas de tal manera que el trabajo de campo lo realizan Juanma, Sol y Lucía. Jorge y yo somos los marineros. Unai y Alba se encargan de la intendencia y la cocina. Claro está que todos colaboramos en muchas de las tareas. Fregamos por turnos. Muchas de las maniobras requieren de más personas. Y todos intentamos aprender sobre residuos y químicos en el agua, la tarea que nos encomienda la organización. Oriol nuestro capitán resuelve y decide con distinta suerte. A nosotros nos tiene fritos ¡Bendito capitán!

Océano atlántico, 5 de mayo de 2016

Estamos exhaustos de perseguir las estelas de ida o de vuelta de mercantes y petroleros a su paso por el estrecho de Gibraltar, mientras recogemos continuas muestras del agua que surcan. Ayer disfrutamos de una cena a la luz de las estrellas con una suave brisa cálida. Unai nos ofreció un bacalao a la vizcaína, regado con un Viña Ardanza, que nos dejó epatados. Jorge fue prolijo con sus chistes. Y hasta Oriol y Juanma contaron alguna de sus batallitas, sin sus habituales muestras de superioridad.

El cansancio va haciendo mella, y las horas de descanso en el mar son escasas. Hoy han coincidido en la primera guardia Oriol y Alba. Yo, que no me podía dormir del cansancio, me he acercado a proa a mirar las estrellas. Andaba pensativo cuando unas risitas me han llamado la atención. Sobre todo, porque parecían provenir de nuestro capitán. No he podido por menos que recabar su causa, y me he encontrado a Alba sentada sobre sus piernas, mientras Oriol mantenía su mano donde la espalda pierde su buen nombre. Lo peor ha sido el cruce de miradas con Unai que me miraba serio desde el tambucho de su camarote en proa. He revivido sensaciones, por causa ajena, que me encogen el estómago.

Madeira, 10 de junio de 2016

Nos hemos adentrado varios cientos de millas en el Atlántico, persiguiendo un par de cargueros con bastante mala mar. Hace dos días hemos arribado al puerto de Funchal y estamos descansando en esta agradable isla. Algo más de cuatro meses embarcados y es la segunda vez que tocamos tierra. Las relaciones se han ido espesando. El capitán ha formado su grupo de incondicionales, en la misma medida que otros han comenzado a criticar sus maneras. Solo Juanma y Sol se mantienen al margen, en un difícil equilibrio.

Increíblemente, he discutido con Jorge que aprecia autoritarismo y malas formas, cuando yo asumo la disciplina impuesta por Oriol de manera casi militar. Lucía coincide conmigo y esto irrita si cabe más a Jorge. Incluso a mí me ruboriza que sea así. En otro tiempo no habría aceptado las maneras de aquel necio. El matrimonio discutidor está empezando a rayarnos a todos, hasta la confección del menú supone una polémica para ellos, casi siempre zanjada por Oriol a favor de Alba.

En principio íbamos a pasar tres noches en Funchal, pero en una caprichosa y poco explicada decisión del capitán partimos mañana al amanecer. Unai ha pedido explicaciones de este cambio, a las que se han sumado Lucia y Jorge, argumentando la falta de descanso. A lo que se nos ha contestado que vamos con retraso y que no estamos de vacaciones, de manera un tanto despectiva. Estando de acuerdo con ellos, prefiero navegar. El silencio de las noches, el sabor a sal y la fresca brisa atlántica calman mi alma.

Al sureste de Bermudas, 30 de junio de 2016

Hoy hemos flotado sobre una mar llana. Al pairo sin una pizca de viento, y con un sol de justicia, hemos aprovechado la calma chicha para procesar una gran cantidad de muestras. Yo he servido de ayudante de Sol, y Jorge de Lucía. Juanma se ha encargado de las comprobaciones finales, de introducir y cruzar los resultados con la base de datos. A Jorge se le veía risueño, haciéndose el torpe para llamar la atención de Lucía. No acabo de entender el trato que Sol me ha dispensado, muy prepotente y hostil conmigo. Cuando Lucía se ha acercado interesándose por mi trabajo, Sol ha arremetido contra mí acusándome de falta de compromiso con el proyecto, y de haber venido a olvidar mis fracasos sentimentales ¿Cómo diablos sabía aquello?

Alba no se separa de Oriol, y Unai cada día más reservado no sale de la cocina. Escapando del mal rollo que me producía Sol he ido a beber un poco de agua. Unai me miró fijamente y me preguntó si yo también lo había intentado, a lo que no supe que contestar, muy desconcertado. Insistió con una frase lapidaria un "lo intentaste todo, cualquier cosa para retener al amor de tu vida", a lo que sólo pude reponer un lacónico "no... no lo sé". Empezaba a sospechar que todo el mundo conocía mi fallida vida sentimental. La cosa no quedó ahí Unai termino confesándome que estaba allí por eso mismo, que arrastró a Alba a este barco que se está convirtiendo en su calvario.

No supe que contestar y ambos miramos hacia el horizonte. Cuando se hizo la noche el viento salto, y todos saboreamos la brisa que en un par de horas se convirtió en un fuerte viento de casi fuerza ocho que nos arrastraba a toda velocidad hacia el suroeste.

Con rumbo nornoroeste volvemos hacia las Azores con la idea de descansar. El día ha comenzado con un desayuno frugal. Me he sentado a babor, con los pies por la borda, y Lucía ha acudido a sentarse conmigo. La verdad es que, durante las últimas semanas, Lucía y yo hemos intimado lo suficiente como para poder hacerme una idea de cómo es ella. Entre otras; que quiere terminar su doctorado y dedicarse a la investigación de las aguas, que no se anda por las ramas, que le gusto, y que la decisión va a ser mía. Jorge no me habla, aunque he intentado explicarle que no tenía ningún interés en competir con él por Lucía ¡No parece haberme creído! Sol me detesta. Unai prácticamente sólo habla conmigo, parece haberse establecido un nexo de complicidad entre nosotros, desde aquella noche. Juanma pasa de todos. Oriol es el dios del barco. Y que puedo decir de Alba. Con este panorama de la convivencia en el barco navegamos empujados por el viento con buena parte del trabajo de campo finalizado.

Una fuerte tormenta surgida de la nada, nos ha pillado desprevenidos y antes de poder tomar un rizo a la mayor, un contundente golpe de viento ha roto el mástil y desgarrado la vela dejándola hecha jirones. Por supuesto nuestro capitán enseguida ha arremetido contra nosotros, tratándonos de «novatos comemierdas» de agua dulce. Cuando tan solo esperábamos sus órdenes, y así se lo he dicho ¡He recuperado el coraje! Oriol ha levantado la mano con violencia. Unai la ha sujetado en el aire enfrentándose a él, sin decir una palabra. La tensión entre ellos es máxima.

Por la noche, superado el carajal, el capitán nos ha reunido en la bañera de popa. La situación era la siguiente; repararlo nosotros es imposible y había que buscar un puerto, el más cercano era Nasáu en Bahamas a ochocientas millas en dirección contraria, hasta las Azores nos quedaban dos mil doscientas millas, que a la velocidad sin vela mayor podríamos tardar meses en llegar. Se decidió poner rumbo a las Bahamas, aunque nos alejásemos más, no sin que el capitán nos cargarse con las culpas del retraso que esto iba a suponer.

Puerto de Nasáu, 20 de agosto de 2016

Tardamos varios días en quitar y arrojar el mástil de la mayor al mar, además de arreglar los desperfectos menores de nuestro incidente en medio del atlántico. La navegación afortunadamente ha sido tranquila, pero la convivencia muy tensa. La lentitud impuesta por la pérdida de la mayor y el escaso viento –apenas hacíamos dos nudos– parece haber impregnado a toda la tripulación de un decaimiento en el ánimo, ya que hemos tardado casi un mes en llegar al puerto de Nasáu. Durante este tiempo hemos terminado de analizar, clasificar y ordenar todas las muestras tomadas. Lucía está siendo mi punto de apoyo. Es una mujer increíble. Tan hermosa como optimista y trabajadora. Al final, aunque algo en mi interior se resistía, me decía que aquello no estaba bien ¡Aunque no sé por qué demonios! Aprovechando una guardia de cuatro a seis de la madrugada follamos como leones, con las estrellas como únicas espectadoras, de lo que a mí me situó junto a ellas. Ella me contó, lo que explicaba el comportamiento de Sol conmigo, una conversación que mantuvo con ella sobre sexo y amor entre mujeres. Hablaron del «refinamiento del deseo del cuerpo femenino más allá de la brutal y dominante penetración masculina», en palabras de Sol. Ésta le propuso hacer el amor, probar algo distinto, más elevado, alejado de los estereotipos machistas. Lucía me refirió que han sido siempre buenas amigas y que no supo decirle que no. Era consciente de que Sol estaba pasando un mal momento. Pasados unos días de aquella conversación, no dejo de darle vueltas a lo que podría parecer un triángulo amoroso.

Hoy hemos amarrado en el muelle de transito del puerto. Oriol y Juanma ya han localizado un pequeño astillero que nos reparará el mástil. Según han contado la cosa va para largo dado que tienen que recibir los materiales, por lo que no tenemos fecha de salida. El mal humor de nuestro capitán alcanza niveles nunca vistos. Cómo no disponemos de dinero suficiente nos mantendremos en el barco, salvo Juanma que ha decidido alojarse en un pequeño hotel en la zona turística, pagándoselo él.

Puerto de Nasáu, I de septiembre de 2016

Aquí seguimos. El capitán está altamente perturbado. Nos tiene fregando y pintando el barco varias horas al día, incluso Alba se ha quejado. El taller que se encarga de la reparación sigue sin recibir el material para construir el mástil. Lo tienen que traer en barco desde Miami y hay muchos retrasos por una huelga de la naviera encargada de la línea de suministros. De hecho, escasean en la isla algunos productos básicos.

Ayer, un grupo formado por Unai, Lucía, Sol, Jorge y yo, a pesar de que algunos ni nos hablamos, hicimos una excursión a las playas occidentales de la isla. Aquello que nos separa parece nuestro único vínculo, Lucía. Allí nos bañamos, jugamos al voley merendamos en *Coral Harbour Beach*. Lucía y yo nos fuimos a dar un paseo por la costa, no sin las miradas recriminatorias de Sol y Jorge, y el imperceptible guiño de Unai. Aprovechó para contarme como Jorge le había tirado los tejos recientemente, lo desagradable que fue para ella decirle que no sin mencionar la relación que manteníamos. Al llegar a ese punto, nos besamos suavemente, para acabar detrás de unas dunas haciendo el amor. Me quemaba más su piel que la arena de la playa.

Puerto de Nasáu, 28 de septiembre de 2016

Hoy han comenzado a colocar el mástil ¡El mejor mes perdido de mi vida! Lucía y yo decidimos coger un apartamento al volver de nuestra excursión. Ella pidió algo de dinero a su familia, y yo tiré de unos ahorros que tenía guardados para una moto. Por supuesto que esto le sentó mal a todo el mundo. Oriol echaba las muelas. Jorge estaba de un humor de perros, y Sol andaba tan meditabunda que casi me daba pena. Hasta se molestó Alba, creo que por envidia.

El pequeño estudio estaba en *Queen Street*, cerca del Museo Nacional de Arte, a varias manzanas del puerto. Sin vistas al mar, era recogido y luminoso. Buscamos a un lugareño que nos hizo de guía en varias ocasiones para conocer mejor la ciudad. Alquilamos un pequeño todo terreno y recorrimos la isla de norte a sur, y de este a oeste. Hicimos el amor en sitios maravillosos, y lo pasamos tan bien que cuando nos dijeron que comenzaban a arreglar el barco, no provocó bastante zozobra. Por lo que me contó Unai en algunas de las visitas que realizamos al barco durante este tiempo, Oriol y Alba estaban manteniendo una relación a ojos vista. No se recataban ni siquiera delante de él. Habían estado cerca de romperse la cara en un par de ocasiones. De Juanma no sabía nada, y Sol había cogido su mochila dos días después de irnos nosotros, y hasta la fecha. Jorge y el habían intimado hasta el punto de correrse varias juergas con sus respectivas borracheras. En una de estas había confesado su cuelgue con Lucia, y no le faltaron palabras escabrosas para conmigo, al que ya no consideraba amigo.

Puerto de Nasáu, 8 de octubre de 2016

El mástil ya ha sido colocado, con toda la jarcia que lo soporta. La vela está terminando de ser confeccionada. El capitán nos ha hecho llamar, quiere que todo el mundo esté el próximo diez de octubre en el barco para poder zarpar al día siguiente. Según me dijo Lucía hace unos días se encontró con Sol en el mercado central. La encontró bien, más delgada y morena. Parece que se mostró comprensiva y alegre, aunque siguió con su discurso feminista y lésbico, insinuándole que ella sabía esperar a que comprendiera la realidad. Ese mismo día Lucía, al volver a casa, vio saliendo de las oficinas que *ExxonMobil Corporation* tiene en el barrio de *Chippingham* a Juanma, con una carpeta en la mano y acompañado por un hombre muy trajeado.

Puerto de Nasáu, 15 de octubre de 2016

Ya llevamos todos en el barco cinco días, y seguimos a la espera de poder zarpar. La organización ecologista todavía no ha pagado los costes de la reparación y la capitanía del puerto no nos da permiso para salir. El reencuentro está siendo casi violento. Sólo pensamos en arribar a Mahón cuanto antes, pero nos esperan cinco mil millas de tensión.

Puerto de Nasáu, 18 de octubre de 2016

Esta mañana nos hicimos a la mar. Hemos puesto rumbo noroeste aprovechando los vientos previstos. El viejo Queche responde a las mil maravillas. Los que andamos algo oxidados somos nosotros tras dos meses y pico en Nasáu. El primer borrador del informe principal se ha enviado a la organización hace quince días, y se presentará el día uno de enero de dos mil diecisiete. Estaba previsto que participásemos todos en el acto, pero será difícil llegar a tiempo tendríamos que hacer un promedio de noventa o cien millas diarias, sin tocar tierra, sin retrasos; para lograrlo tendremos que contar con un viento favorable, cero problemas y un esfuerzo titánico por parte de la tripulación, y todo ello sin tener en cuenta lo que supone no tocar puerto en todo este tiempo. Así lo ha expuesto el capitán del *CristalWater VI-Zorba*.

La discusión ha surgido enseguida. Varios nos hemos opuesto a navegar sin descansar, aunque sólo sean un par de días en Canarias o Madeira, ya que nada garantiza que lleguemos en la fecha prevista. Alba y Jorge secundan la posición de capitán, mientras Juanma y Sol no se decantan. Oriol ha tirado de galones y ha zanjado la discusión, dejando muy claro que tiene la sartén por el mango y no hay más que decir. Una vez en tierra cada uno tirará por su lado, pero en el barco se hará lo que él diga.

Unai, Lucia y yo nos hemos juntado más tarde en popa. Aprovechando la primera guardia que realizaban ellos dos me he sumado para compartir impresiones. Todos tenemos claro que el grupo está roto, que es una barbaridad lo que pretende Oriol y que no hay necesidad de cumplir con la fecha del uno de enero. La palabra motín ni se nos ha pasado por la cabeza, y sólo la idea me resulta insensata. Me ha chocado que Juanma no apoyase la idea de estar en fecha en Mahón, así como que haya rehusado firmar el informe como director.

A tres mil trescientas millas de Mahón, 12 de noviembre de 2016

A las doce horas GMT navegábamos a veintisiete grados, cincuenta y seis minutos y cuarenta segundos de latitud norte, y cincuenta grados, veintisiete minutos y cincuenta y cuatro segundos de longitud oeste. A pesar de vientos contrarios y fuertes marejadas estamos avanzando dentro de lo previsto. El esfuerzo es grande debido a la gran cantidad de bordos que hemos tenido que efectuar. Estamos agotados. Y para colmo de males desde *CristalWater* nos han trasladado que en el informe que hemos enviado, las tasas de contaminación del agua están por debajo de análisis realizados por otros organismos internacionales. Nos han pedido que lo revisemos y verifiquemos. Lucía y Sol no daban crédito a lo que decía la organización, ya que su sensación general en el tratamiento y proceso de las muestras era de altísimos niveles de químicos en el agua. Han pedido ver el borrador que se envió para repasarlo, así como los datos disponibles con los que se habían comparado. A Juanma, por su parte no le ha extrañado tanto, aunque afirma que habrá que volver a comprobar los datos para que no haya errores.

Tras una petición inquietante de Unai, esta noche hemos hablado cuando todos descansaban. Ha repetido guardia, mandando a Sol a dormir cuando entraba de ronda conmigo a las cuatro de la mañana. Según Unai, Oriol no es trigo limpio. Dice que llevaba casi dos años sin navegar antes de emprender este viaje. Estando de oficial de guardia con evidentes signos de embriaguez, un buque mercante encalló en aguas de Ciudad del Cabo. Me ha mostrado publicaciones en Internet. Se había documentado a conciencia y se lo quiere mostrar al resto de la tripulación. Le he pedido que no lo hiciera, pero no tengo la sensación de haber conseguido que entrara en razón. Estaba muy excitado. La cosa puede estallar en el peor momento.

Isla de Madeira, 7 de diciembre de 2016

Navegamos cerca de las costas de Madeira sin tocar tierra. La navegación que otrora se me antojara un bote salvavidas, ahora me remite a las profundidades tenebrosas de mi corazón. Lucía y yo no hemos tenido la oportunidad ni de relajarnos, ni de gozar de nuestra relación. Ella se ha enclaustrado en el camarote de proa junto a Sol para revisar los análisis y otros documentos recabados, mientras nosotros mantenemos el alto ritmo de navegación que Oriol impone para cumplir con su objetivo de llegar en fecha. La mar ha sido benigna y nos empuja en medio de una fresca marejadilla.

Estrecho de Gibraltar, a 20 de diciembre de 2016

Durante el día de hoy hemos atravesado una pequeña galerna, frente a la costa de Gibraltar. Ante nuestras demandas de guarecernos en alguno de los puertos próximos, Oriol se ha negado alegando que ello demoraría nuestra marcha.

Unai ha encabezado lo que podríamos denominar como «motín». Nos ha interpelado a todos a unirnos contra la «locura» de nuestro capitán. Lucía y yo nos hemos alineado con él. Oriol, sacando galones, nos ha amenazado con dejarnos en un chinchorro cerca de la costa. Sorprendentemente, Juanma nos ha apoyado de manera muy beligerante, soltando la escota de la génova lo que ha provocado que nos aproáramos de manera peligrosa. Sol ha intervenido en nuestro favor cuando Oriol, pistola en mano, nos ponía en el bote. Hasta Alba le ha pedido tranquilidad. Se ha avenido a razones, yo creo que, sobre todo, porque se quedaba sin tripulación. Siento que los nubarrones que cubren nuestros pensamientos son más oscuros que aquellos que nos amenazan desde el cielo.

La galerna nos ha dejado una mar gruesa que ha hecho nuestro avance muy lento y peligroso. Frente al Cabo de Gata, estamos a unas a unas seiscientas millas de Mahón, por lo que aún podríamos llegar a tiempo.

Ayer el día comenzó fuerte. Lucía y Sol en el desayuno le pidieron explicaciones a Juanma de lo que ellas entendían como una sustitución en el informe de buena parte de los datos recogidos con más contaminación en la zona del estrecho, por otros recogidos en medio del atlántico. Habían detectados cambios de fechas y zonas que parecían forzadas. Juanma objeto que se debía de tratar de un error. Luego Lucia le preguntó qué hacía saliendo de las oficinas de ExxonMobil en Nasáu. Aquí se bloqueó y se negó a responder a nada más. Le apremiaron a rehacer el informe y volver a enviarlo, ha esto también se negó en rotundo. Juanma en un arranque de furia ha arremetido contra la consola de comunicaciones y la ha destrozado. Oriol se ha abalanzado sobre él y se han propinado una serie de golpes antes de que pudiéramos separarlos.

Lucia y Sol han pedido dirigir el barco a tierra para enviar un nuevo informe rehecho por ellas. Unai y yo hemos apoyado su petición con la idea de pasar Noche Buena al menos en tierra. A lo que Oriol se ha opuesto totalmente, puesto que no llegaríamos en la fecha prevista y no está dispuesto a que su reputación vuelva a ser cuestionada.

Enseguida Unai le ha mencionado el incidente de hace dos años, mientras estaba borracho como oficial de guardia, ante la sorpresa de todos los presentes. Nos hemos quedado atónitos. Oriol ha roto a llorar como un niño, llevándose las manos a la cara. Luego ha explicado que está tan arrepentido de aquello, cómo le está costando librarse de aquel fatídico día que le persigue allí donde va. Nos contó en un tono más sosegado que aquel día efectivamente se emborracho y por ello su barco embarranco frente a Ciudad del Cabo, su embriaguez fue a consecuencia de conocer aquel infortunado día que su mujer se había marchado con quien consideraba su mejor amigo.

Empiezo a pensar que me encuentro embarcado con una serie de insolventes sentimentales. Un trayecto que nos pone frente a nuestros naufragios afectivos de la manera más cruda.

Ante el relato de Oriol nos hemos ablandado y viendo que podíamos llegar en fecha, la mayoría hemos cambiado de opinión. Entregaremos el informe en mano en Mahón, y pasaremos la noche vieja en tierra.

La Noche Buena la pasamos Lucía y yo metidos en su litera, abrazados y bebiendo ron. Su compañera Sol acepto a regañadientes irse a dormir al camarote de proa. La cena fue muy deslucida. Unai preparó una pasta estupenda que saboreamos entre pesarosos silencios.

Hoy hemos tenido un nuevo contratiempo. Juanma ha pedido que lo dejásemos en tierra, en cualquiera de los puertos de la costa este de la isla. Por supuesto Oriol le ha dicho que no, entonces ha comenzado a arriar uno de los botes. Entre varios le hemos detenido. Se ha soltado y ha ido hasta el palo donde ha cortado de un tajo la driza de la mayor que se nos ha desplomado encima. Entre Unai y Jorge le han reducido y confinado en el camarote de estribor. Tras reparar los desperfectos seguimos navegando rumbo a Menorca. Si todo va bien llegaremos a Mahón el treinta y uno por la mañana.

Juanma se ha tirado toda la noche maldiciendo, entre risas y lloros. Conjurando a los elementos para que ni el maldito informe, ni nosotros lleguemos a puerto.

Lo conseguimos. Hemos llegado. Hoy se ha presentado el informe rehecho por Lucía y Sol. Lamentablemente la sala estaba medio llena, con muy pocos medios de comunicación haciéndose eco del acto.

Ayer pudimos ducharnos y descansar, en el hotel que la organización nos reservó, antes de irnos a cenar con ellos para despedir un año tan… distinto, tan emocionante, tan complejo y difícil. Tengo la certeza de que todos hemos dejado una parte de nuestro viejo yo en ese barco. Ahora en un nuevo año veo las cosas y a las personas con la fuerza que me ha dejado esta experiencia. Renazco a un mundo que podríamos decir que abandonamos durante un año, para hacer una travesía vital.

Para terminar mí diario de abordo quiero contaros que parece ser que Juanma ha desaparecido. Jorge se despidió esta mañana. Nos abrazamos y nos deseamos suerte, pero tengo la sensación de que nuestros caminos se separan inexorablemente. Unai me contó que se queda unos días para recapitular paseando por la isla. Alba se marchó sin despedirse, tampoco de Oriol, según el mismo me refirió esta mañana cuando nos despedimos cordialmente. Sol se despidió de mí muy afectuosamente. Me invitó a que cuando volviera a la isla no dejara de pasar por su casa en la avenida de Conde de Sallent, número dieciséis en el centro de Palma. Lucía va a terminar su tesis doctoral aquí en su isla, en Mallorca. Yo debo retomar algunos hilos de mi vida en Madrid. Nos hemos citado en Semana Santa para vernos y decidir si podemos navegar de nuevo juntos. Ya cuento los días para volver a poner un faro en mi vida. Debo ser de los que le dan patadas a la misma piedra... con gusto.

El piquete

En la puerta de ETEL se aglomera una gran cantidad de trabajadores con pancartas, gritando y pitando: *en defensa de los puestos de trabajo, en defensa de ETEL, más producción interna menos externalización, retirada de los expedientes ya,* son algunas de las pancartas que enarbolan.

Vuelvo en mi coche, un Golf GTA de menos de dos años, pero con varios abollones que le dan un aspecto algo descuidado. Regreso de una noche de juerga y al pasar por delante del piquete, situado a las puertas de mi empresa, freno bruscamente. Tengo que bajar la ventanilla para sentir el fresco de la mañana y alcanzar a comprender el follón que se ha montado. Me escuecen los ojos, todavía rojos.

— *¡No nos mires, únete! ¡No nos mires, únete!* - corea un grupo de trabajadores al ver mi coche parado cerca.

He aparcado donde he podido en la cuneta, mientras camino hacia el grupo haciendo fotos. Me gusta llevar mi cámara a todas partes, nunca se sabe dónde haré mi mejor foto.

Debo tener una pinta lamentable. Llevo la camisa por fuera, el pelo revuelto. Voy tomando fotografías de caras desencajadas por la desesperación, banderolas sindicales al viento y pancartas reivindicativas frente a policías mal encarados. El ambiente de crispación a las puertas de la empresa es grande. El conglomerado de instalaciones que vería cualquiera desde la puerta, deja muy a las claras cómo ha ido creciendo el centro de trabajo. Unos magníficos edificios de oficinas y una gran nave de talleres contrastan con otras dependencias que en un segundo término se construyeron posteriormente: cobertizos, talleres, barracones y edificios anexos de bajo presupuesto. Instalaciones provisionales que parecen llevar mucho tiempo allí.

Abel y Juan, dos compañeros del departamento, me hacen señas para que me acerque. El ruido es ensordecedor y las palabras de mis amigos se pierden en el fragor del monumental escándalo que montan las doscientas personas que hay allí congregadas.

— ¿Qué pasa? ¡Parece que llegamos a mesa puesta! - me grita Abel casi al oído con la voz prácticamente ronca.

Le miro, sin muchas ganas de contestarle mientras hago una mueca de ¡Que le vamos a hacer! a la vez que le tiendo la mano a Juan.

— Me alegro de que te hayas animado. La cosa está que arde y a la policía le falta poco para saltar: se tientan constantemente las porras. - dice Juan sonriendo.

Abel se acerca con una jarra y unos vasos de plástico que nos entrega a Juan y a mí, sirviéndonos en cada uno de ellos un poco de café.

— Ya veo que el café lo ponéis vosotros y ellos las porras. Comento de manera socarrona señalando a la policía, mientras Juan esboza una ligera sonrisa. Abel me mira de arriba abajo con gesto de desaprobación.

— Por las pintas que llevas creo que el café te irá bien.

Bebemos y miramos pasar varios coches entre el piquete que son golpeados y zarandeados.

— Esperaba algo más. Veo pasar mucho coche para dentro.

— Según me ha comentado un amigo del Comité, el seguimiento es bueno, lo que pasa es que hay mucha subcontrata y por eso no para de entrar gente. - me contesta Juan con cara de cansancio.

Sigo observando algo confundido aquel bullicio. Un petardo estalla a menos de dos metros de dónde nos encontramos. Me llevo la mano el oído derecho con gesto de dolor. Se ha formado un corro entorno a tres personas que intentaban entrar a pie.

— ¡Esquiroles! ¡Esquiroles! - cantan los trabajadores que les rodean.

La bronca va en aumento. Se produce un altercado, con empujones y palabras gruesas entre la policía y los más exaltados que portan emblemas de la CNT. Se trata de chavales de la facultad que ni siquiera trabajan allí.

Lucas Corredor se acerca. Lleva un brazalete que indica que es miembro del Comité de Huelga, y va acompañado de una mujer.

— Se te saluda. - me grita, mientras me tiende la mano.

— Hombre, el liberado. Hace tiempo que no hablábamos. ¿tan bien se vive en el sindicato?

— No está mal, si no fuera porque el día que más trabajo no me pagan ni un euro. - dice entre risas, acercándose mucho a mi oído.

La mujer que acompaña a Lucas parece ausente de la conversación. Escruta a un grupo de policías que salen de un furgón con material antidisturbios. La observo, mientras atiende a un compañero, fascinado por la fuerza que expresan aquellos ojos y la expresión dura a la vez que sensual que transmite su rostro.

— ¿Cómo va la huelga? - comento sin dejar de mirar aquella expresión que me cautiva.

— Mejor incluso de lo que pensábamos. En talleres que hay mucho cabreo. No hay nadie. - afirma Lucas.

— ¿Y en los centros periféricos?

— Seguimiento total en casi toda España, aunque en oficinas es desigual. Allí hay más trabajo y algunos piensan que no va con ellos. ¿y tú, cómo vas?

— Pasaba por aquí. Estoy hecho polvo.

— ¿Por qué será?

Lucas se gira para mirar donde le señala Carla, en dirección a un grupo de trabajadores que en esos momentos despliegan una pancarta.

— Hombre, parece que los chicos de mantenimiento han venido reivindicativos...

— Podías presentarme a tu lugarteniente, Lucas. Sigues igual de descortés que siempre.

— Perdona compañero. Capitana con mando en plaza. - me contesta ella con sarcasmo.

Lucas no ha podido disimular una leve sonrisa guasona por el comentario. Ella me tiende la mano. Rápidamente, me abalanzo a darle un par de besos en la mejilla que no puede esquivar.

— Daniel, te presento a la compañera Carla Bonanova, responsable de la secretaría de producción del sindicato.

— ¿Tendrás poco trabajo en la empresa de las subcontratas? - le digo secamente mirándola a los ojos.

— Todo lo contrario, compañero. Llevamos currándonos el tema y negociando mucho tiempo; aunque veo que pasas de las hojas informativas. - me respondió altanera.

— Lo que sucede es que cada sindicato cuenta su guerra y entre tanto la dirección utiliza la política de tierra quemada.

— Y tú eres uno de los abrasados. - concluyó mirándome con intensidad.

— Abrasado por fuego de tus ojos, nena. - respondí cortante y desconcertado, para luego arrepentirme de mis palabras.

Mientras percibo como Lucas nos observa con gesto sombrío.

— Estamos aquí para otra cosa, compañero. - me responde Carla con serenidad.

— Representando una unidad que nunca tendréis.

— La unidad sindical será muy deseable, pero a mí también me gustaría que hubiese un pacto de Estado por… muchas cosas y no lo hay.

A pesar de no haber comenzado nuestra relación con buen pié, no puedo evitar recorrer con la mirada su silueta estilizada. Carla, intentando escapar de mi mirada se acerca a comentar algo a Lucas mientras se suceden varias tracas y arrecian las pitadas. Abel que ha estado expectante durante nuestro desafortunado encuentro, se acerca.

— Con esa no puedes .

— Aún no he puesto todas las cartas sobre la mesa.

Justo al lado del corro de Daniel. Un grupo de veintitantas personas paran un vehículo y golpean las puertas. Una pareja de alborotadores se sienta encima del capó. En el coche viajan dos importantes directivos de la empresa. Los trabajadores hacen gestos con las manos mientras les increpan.

— Bajad si tenéis cojones. - dice uno.

— ¡Mangantes, os lo estáis llevando crudo! - apostilla otro.

Cojo mi cámara instintivamente, activo el modo de grabación de vídeo, y comienzo a filmar todo cuanto sucede.

Lucas y Carla han sido arrojados del follón en la primera carga de los incontrolados asaltantes del coche. En pocos segundos varias personas se abalanzan sobre el conductor, muy trajeado, que se baja del vehículo a increpar a los bestias que saltan literalmente sobre su formidable BMW. Un grupo de exaltados que rodean al directivo le gritan al oído.

— ¡Esquiroles! ¡Vendidos! ¡Chorizos!

— ¡Fuera de ahí! ¡Id a Trabajar, vagos! - les grita el ejecutivo, en tono provocador.

He reconocido a Jorge y Antonio brincando sobre el vehículo. De repente, ambos se abalanzan sobre el grupo que rodea al directivo, un tal Hugo Notario, cómo pude saber más tarde. El aterrizaje de estos genera una melé de cuerpos que se debate entre golpes, quejidos e insultos. Enseguida cuatro efectivos de la policial nacional se abren paso a porrazos entre un amasijo humano donde vuelan los puños y las palabras gruesas de un lado a otro. Aguanto las avalanchas, manteniendo el equilibrio cerca del altercado y sigo grabando a un enajenado Antonio propinando un fuerte rodillazo en la cabeza a Hugo que se encontraba tumbado, inerte, debajo del nudo de piernas y brazos por donde asomaba.

Antonio luce una pegatina en el pecho de la Falange que he podido ver al levantar la cabeza del visor de mi cámara conmocionado por lo que acabo de presenciar. Sin poder grabar más veo cómo, con mucho esfuerzo, cuatro policías consiguen llegar al núcleo de la reyerta, mientras simultáneamente el resto de las fuerzas del orden allí emplazadas acordona al piquete. Alguien grita pidiendo un médico junto al cuerpo inmóvil de Hugo. Al tiempo, se produce una desbandada general que acaba en brazos de los antidisturbios que, con mucha disciplina, armados con porras y escudos, contienen la huida de muchos componentes del piquete que no quieren verse involucrados. Veo a Carla y a Lucas que observan con estupor el deprimente espectáculo en que se ha convertido el piquete que reivindicaba más trabajo y menos despilfarro.

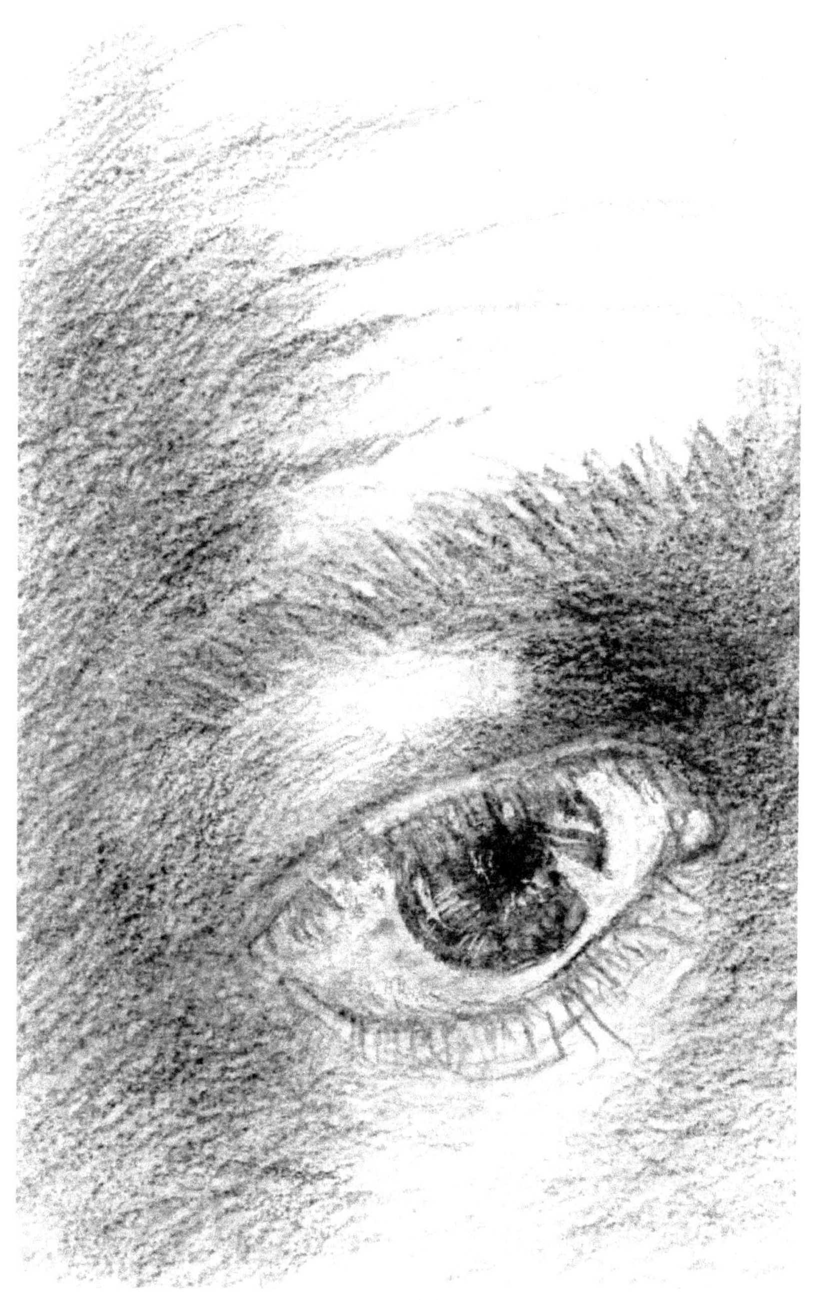

La boleta

En aquella pequeña habitación, mal iluminada de la trastienda del bar de Juanfran, antiguo entrenador de nuestro equipo de futbol, entre el denso humo, el olor agrio a sudor y las carcajadas socarronas, parecía que el tiempo no hubiera pasado. Tras una cena emotiva, cargada de viejos recuerdos, con café, muchas copas y puro, volvimos a compartir una velada de cartas.

Hacía más de tres años que llevaba sin ver a mis amigos. Así que, entre naipe y naipe, nos fuimos poniendo al día de nuestras últimas peripecias, mezcladas con recuerdos de los buenos momentos vividos juntos y de algunos otros... no tan buenos.

Borja repartía las cartas. No había perdido su falta de habilidad con el tiempo, y hasta en tres ocasiones se le había caído la baraja.

— Te hiciste las «Américas» en tres años, no está mal, nada mal. Te hemos echado de menos.

— Gracias. No paré de trabajar.

Enfrente de mí, Gaby revisaba un boleto de apuestas. Le gustaba el futbol con locura y era un sufrido hincha del Atlético de Madrid.

— Una y otra y otra.... No hay manera. El Atleti siempre me la lía.

– No juegues haz como yo, te quitas de problemas y ahorras una pasta. - apuntaba Carlos de manera muy sensata, a pesar de las copas que llevaba encima.

– Joder, sí que estuvimos a punto de pillar una buena. Desde entonces yo tampoco he vuelto a jugar ¡Sí señor! El último fin de semana que pasamos juntos, hasta hoy. - dijo Borja mientras terminaba de repartir las últimas cartas.

– ¡Mira, Gaby! Haz cómo Borja y cómo yo. Deja esa afición idiota. Y sobre todo deja ese equipo lastimero que siempre la caga. - insistía Carlos, que era madridista hasta la médula.

– Yo tampoco he vuelto a jugar a las quinielas. En Estados Unidos no hay afición al fútbol, aunque se apuesta por todo, y yo nunca he tenido suerte en los juegos de azar. - dije con cierta tristeza.

Todos nos miramos de reojo a la vez que interpretábamos la jugada que las cuatro cartas que teníamos entre las manos nos ofrecían. Gaby me guiño un ojo. En otra circunstancia podría haberlo interpretado como un signo de complicidad, pero en aquellas circunstancias y jugando al mus, era evidente que se trataba de treinta y una, y encima era mano.

De repente Carlos, dejo las cartas sobre la mesa, y con un tono evocador, rayando en la tristeza, nos miró sombrío.

— Sí que fue mala suerte, si hubiéramos acertado aquel maldito Sporting-Oviedo, ahora seríamos millonarios. Ángel no tendría que haber ido a Florida, y yo no tendría que haber aceptado aquel jodido trabajo en el Carrefour. Y tú no...

— Yo no tendría que aguantar borrachos todas las noches vomitando por el metro. Menuda mierda. - dijo Gaby de manera cortante y dura.

— ¿Y qué pasa con los cuatro años que me he tirado haciendo la puta carrera que a mi padre se le antojó? Lo peor es que estoy sin blanca, no me suelta un duro. - levantó la voz Borja con cierta mala leche.

— Etc. etc. etc... ahora el que la pilló, estará forrado. - apuntó pensativo Carlos.

— Nunca se supo quien la enganchó. - comentó Gaby dejando las cartas sobre la mesa una a una, como intentando recordar.

— Imagino que como siempre, el que acierta se marcha a las Bahamas *ipso facto*. - dijo Borja con una mezcla de ironía y melancolía.

— Aquella noche tan desafortunada habíamos quedado como todos los domingos y nadie apareció, excepto... - continúo diciendo Gaby.

Evocó aquella noche en la barra del bar, tomando una cerveza importada que Juanfran traía directamente de Alemania.

 «*Os esperaba mirando el reloj impacientemente, cuando apareció María. La recuerdo tan sensual, tan morena, tan angulosa, siempre adornándose con posturas glamurosas. Recuerdo su marcado acento porteño, ya que se crio en Buenos Aires. Aquella hija de inmigrantes españoles de segunda generación mezclaba la cadencia musical del acento argentino con un perfecto castellano, algo que producía un aura desconcertante a su alrededor.*

— Hello, Gaby ¿dónde andan los chicos?

— No creo que vengan. He visto a Carlos y andaba jodido con lo de la quiniela. Borja regañó con su padre y Ángel andaba coqueteando con una preciosa amiga mía.

— Y casi me alegro, porque así tendremos tiempo tu y yo de... - comenté con aire insinuante.

— No te alegres tanto. He venido a decirte que no los esperaras... y a despedirme de ti. - me dijo en tono cortante María

— ¡Cómo! ¿por qué? - pregunté sorprendido. Lo hemos pasado bien. Y lo podríamos haber pasado mejor, pero tú… - me quedé callado, sin terminar la frase.

— Déjalo estar. Me equivoqué con Carlos. - comentó con aquella frialdad que nos cautivaba mientras tomaba distancia de uno.

— A todos nos habría gustado ser Carlos. - tome aire.

— Decidido. Me voy contigo.

– *He encontrado un trabajo fuera de esta ciudad y necesito estar sola un tiempo, ya sabrás de mí, chiao.*

– *Llámame o... Mejor, dame un teléfono. - dije de manera dubitativa mientras la veía marchar. Un beso. - concluí en voz baja mientras la veía salir por la puerta del bar. »*

– Así era María. - dijo Gaby - Perturbadora, imprevisible y cuando tomaba una decisión no había quién consiguiese torcer su camino. - concluyó.

La noche había traído los ecos del qué debió ser su último encuentro con María. Gaby, mientras daba un trago largo de su vaso, se dirigió a todos enseñando un boleto de apuestas.

– Mirad todavía conservo una fotocopia de aquella maldita última apuesta. - dijo y apuró su bebida.

– Sí, fue mala suerte que el Oviedo ganará al Sporting. - insistió Ángel.

– De eso nada, que el Sporting mandó a segunda al Oviedo, menudo cabreo tenía mi padre. - afirmó Borja con contundencia.

También Borja rememoró cómo había vivido esos momentos, preludio de una larga separación entre nosotros.

«En vez de preocuparte tanto de tus amigos, y de esa chica, deberías centrarte en la carrera. - dijo mi padre, mientras me bajaba del Mercedes en la plaza del barrio donde había quedado con María.

– Estudiar, competir, comprar, vender ¿qué sabes de amistad, amor o compañerismo, papá? Sólo te interesa el dinero.

– A ti también te interesa el dinero, pero el mío. En el bufete, a mis espaldas, he oído comentar que eres un niñato holgazán y mal criado que sangra a su padre. Algo con lo que estoy de acuerdo.

Tengo grabado en la cabeza hasta el último detalle. Recuerdo cómo María salió de un taxi saludando con un indescriptible gesto del brazo que parecía abarcar el mundo con cariño, y que siempre recuerdo con nostalgia.

– Esto último es hereditario, pero yo lo hago por derecho, o no eres mi padre. Vete ya por ahí. - le solté al pesado de mi padre.

Así que agarré del brazo a María y salimos andando en dirección contraria, mientras mi padre seguía recriminándome mi despecho.

– ¡Cómo está tu padre! No. —me dijo María.

– Así toda su vida, hoy peor que ha perdido el Oviedo... Pero verte me alegra el día. Estás estupenda, para variar.

– Espero no empeorar la situación. Los chicos no irán al café, tienen un gran disgusto por lo de la quiniela…. Y yo he venido a… despedirme.

– ¿Dónde vas? ¿por qué te vas? ¿nos dejas así, por las buenas?

Todos habían olvidado las cartas. Gaby recostado sobre su silla se servía otra copa de Dyc con cola. Mientras, yo escuchaba atentamente el relato de Borja que, apoyando la cabeza sobre un brazo encima de la mesa, miraba las cartas como hipnotizado. Carlos abrió la cartera saco un papel que ondeó como si fuera una bandera.

– Yo también guardo la fotocopia de aquella quiniela como una reliquia a la mala suerte, y debió ganar el Oviedo, sino la tendríamos acertada. - dijo Carlos mostrando un papel muy ajado.

– Pues yo juraría que ganó el Oviedo. - asintió Gaby.

– Mirad: fallamos ese resultado poniendo un uno. Deberíamos tener los catorce resultados. Porque ganó el Sporting. - mantuvo Carlos.

– Yo nunca miré un solo resultado, pero de este estoy seguro. - aseguró Borja.

– Que no ganó, que la revisamos… - comenzó a dudar Carlos.

Aquellos recuerdos invadieron la mente de Carlos. Y se sumó a revivirlos.

«Estábamos María y yo sentados en una mesa haciéndonos arrumacos mientras revisaba la quiniela.

— ¡Joder con el Oviedo! ¿Estás segura de que has cogido bien los resultados?

— Sí, me los dio Ángel cuando me dijo que tenía que volver a Florida urgentemente. ¡Vaya mierda! - se quejó María.

— No hay manera. No voy a hacer una puta quiniela más.

— Siempre dices lo mismo. Déjalo, no te preocupes. Tengo que decirte algo importante.

— ¿Más importante que perder 200 Millones? - exclamé sin saber lo que se avecinaba.

— Me voy. - dijo María de manera glacial.

— Sí, vete a casa porque se me ha puesto un humor de perros.

— No Carlos, me voy de la ciudad. Te dejo.

— Anda no digas tonterías, llámame mañana y hablamos cuando se nos pase lo de la quiniela.

— Eso haré. - me dijo para hacerme callar. Y se fue»

Carlos, con las manos en la cara y un tono lloroso, agravado por su embriaguez casi balbuceaba.

— No volví a saber de ella.

— Fue un día fatídico. - le consolé.

— No me cuadran las historias que acabáis de contar. – repuso

Borja.

— A mí, tampoco. Ángel, empiezo a pensar que fueron muchas casualidades en cuarenta y ocho horas, desde entonces no nos hemos vuelto a ver. Tú te fuiste de repente a Florida, y hemos estado tres años sin saber nada de ti. María se marchó repentinamente sin dejar rastro. El resto nos separamos. Pero ¿dónde coño está el boleto original? - acabó preguntando Gaby.

— Siempre lo sellaba Ángel. - dijo Borja encolerizado.

Borja se levantó señalándome, y Carlos secándose las lágrimas, se puso también de pie tambaleándose. El ambiente empezaba a enturbiarse de una manera preocupante.

— ¿Dónde te metiste aquella noche? Tu tenías el boleto y te marchaste con el dinero, cabrón. - me dijo Carlos que había perdido la compostura, empujándome mientras me acusaba como si fuera un delincuente.

— Estás Equivocado. Tenía un trabajo urgente que cerrar y...

— Y te marchaste con la pasta y nos dejaste tirados, te voy a...

— ¡Es un cerdo! Pero así no solucionamos nada. Déjale que se explique. — le dijo Borja a Carlos, sujetándolo, alarmado por su agitación creciente.

Estaba sudando, el alcohol y el agresivo calor ambiental que se había generado hacía que se inundase mi frente. Saqué un pañuelo blanco con la inicial «M» bordada, para secarme el sudor.

- No sé nada de ese boleto. Aquella semana estuve...

- Además de un cerdo es un puto traidor. - dijo Gaby arrebatándome el pañuelo y enseñándoselo a Carlos.

- ¡Lo voy a matar! ¡Es un pañuelo de María! - exclamó Carlos abalanzándose sobre mí y trastabillando con la silla.

- Dejad que hable, y luego me lo cargo yo. - intercedió Borja, "amablemente".

- Lo siento, de verdad que lo siento. María me volvía loco igual que a todos, y...

Me embargó un gran sentimiento de culpabilidad y comencé a explicarme.

«Cené con María, aquella noche en la que los cuatro habíamos tenido algo que ver con aquella mujer, que nos encandilo a todos.

- *Me alegró mucho saber que quisieras cenar conmigo.*

- *Te has vuelto una persona muy interesante. Tanto ir y venir a Estados Unidos te sienta bien. - me dijo María, con aquella voz y ese acento que me enloquecía.*

- *Pues, tú estás tan radiante como siempre. ¿Un poco más de vino?*

- *Si gracias. — hizo una pequeña pausa - Voy a ser sincera, me gustaría irme contigo mañana a Florida. Creo que tú y yo sintonizamos bien.*

— ¿Y qué hay de Carlos? - le pregunté sorprendido.

— Eso acabó.

— Pero, si ayer estabais de lo más enrollados...

— Así es, pero las cosas pasan y...

— Y hay que aprovecharlas. Camarero la cuenta. »

Acabé contando a mis amigos como tres años atrás los engañé. Me fui con aquella increíble mujer sin decirles nada. No tuve valor para enfrentarme a ellos, y cogí aquel avión sin pensar en las consecuencias.

— ¡Eres un cabrón! ¡Nos dejaste sin quiniela y me birlaste la novia! Me empujó Carlos, chillando. Parecía que se le había pasado la curda de repente. Me tenía contra la pared y Gaby y Borja detrás de él me traspasaban la piel con su mirada.

— Os prometo que de la quiniela no sé nada, recuerdo que aquella semana estuve muy liado y le pedí a María que sellara el boleto.

— ¿Cómo? - gritó Gaby a escasos centímetros de mi cara.

— ¡Anda la ostia! - bramó Borja.

— ¿Dónde está María ahora? ¿qué pasó? - insistió Gaby abriéndose paso entre Carlos y Borja.

— Pasamos tres semanas fantásticas y... y después desapareció. Nunca pensé que...

– Que te utilizara como un juguete y nos engañara a todos.

Acertó a decir Carlos en un ataque de lucidez.

– Y nos robase dos cientos millones. - concluyó Gaby.

– ¡Joder con María! Con lo buena que estaba. - añadió Borja.

Me miraron todos con ganas de pegarme y cierta envidia sana.

Así es entre amigos.

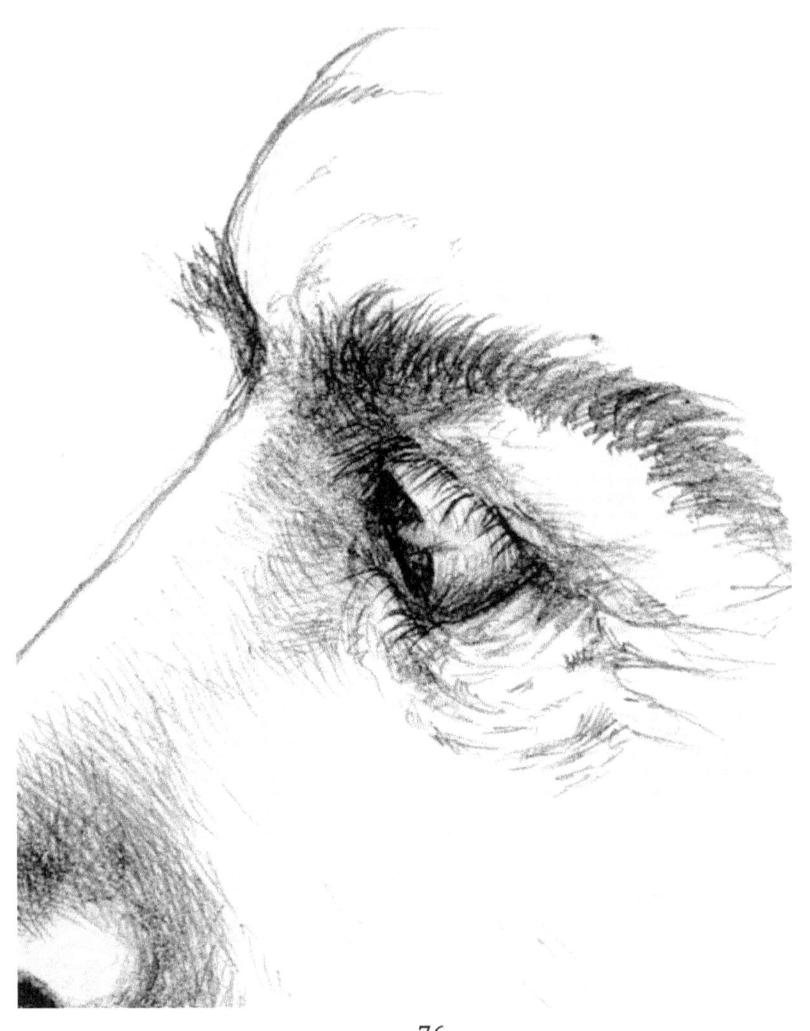

Trabajo ficción

A través de la pequeña ventana una luna tenue, distorsionada por la superficie desigual del vidrio y la suciedad, se reflejaba en el edificio colindante. El *display* del *teleworkpad* se encendió mostrando las tareas del día, la primera precalentaba el agua de la ducha, la segunda controlaba el pequeño dispensador del desayuno. El ruido chirriante que comenzó a emitir hizo que Eduardo buscará el dispositivo con rabia contenida. Aunque ya estaba despierto no pudo desconectar la alarma dado que su nivel de acceso no le autorizaba a ello. De un manotazo paró, sin embargo, el irritante sonido del dispensador del desayuno, para continuar mirando la luna a través del ventanuco como si allí hubiera algo que le reconfortara, cómo si formara parte de aquel sueño que se le negaba, cada noche, cada día.

Antes de saltar de la cama, desde arriba de la litera miró para evitar caer encima de su mujer, que aún remoloneaba con un antifaz puesto para evitar la odiosa luz que se encendía a las seis y treinta y dos minutos de la mañana, a los dos minutos exactos después de sonar el despertador. Eduardo se acercó a Sol que se giraba hacía él, mientras le ofrecía sus labios soñolientos y se desprendía de aquella careta oscura.

– Buenos días, mi amor ¿qué tal has dormido?

– Poco, me costó dormirme ¿y tú?

– Bien, ya sabes que soy de dormir poco. – mintió como hacía a menudo para no preocupar a su mujer.

El olor a café inundó la estancia. Se trataba de un albergue para trabajadores en el extrarradio de la ciudad, donde existían cientos organizados en barrios. Allí se hacinaban miles de personas, ya que sus sueldos no daban para vivir en las cómodas y espaciosas viviendas de las ciudades periféricas, y los precios desorbitantes de los inmuebles de la ciudad, destinados principalmente a empresas y negocios comerciales, tan solo eran asequible para las grandes fortunas.

Uno detrás del otro pasaron por la ducha tibia de noventa segundos, que puntualmente se desconectaba tuvieras jabón o no, lo que les obligaba a ducharse muchas veces juntos, muy abrazados en aquella estrecha cabina.

Ya vestidos, revisaban las rutas de trabajo y los horarios establecidos en sus dispositivos de programación. Solo disponían de quince minutos para subir a un ascensor que desde la planta treinta y cuatro donde habitaban les dejaría en el tren subterráneo que recorría los diferentes barrios de alojamiento.

Mientras apuraban el escaso café y un pequeño panecillo dulce que suministraba día sí y día también el dispensador, Eduardo pensó en sus minúsculas vacaciones, diez días al borde del mar, al leer las noticias que el sistema regularmente ofrecía a las seis y cuarenta y cinco minutos. La noticia titulaba "El gobierno planea un nuevo recorte de los programas de descanso vacacional". Argumentaba un déficit financiero para su mantenimiento, y esgrimía el problema de la sobre exposición de los ecosistemas costeros en creciente deterioro, sobre todo desde la última subida del nivel del mar que había reducido el número de kilómetros de playa en todo el planeta.

La voz de su mujer le sacó de su ensimismamiento.

— Eduardo. Vamos ¡Hombre!

— Sí, sí, ya voy.

— Venga que perdemos el transporte, y nos penalizarán.

— ¿Has pensado en lo que hablamos ayer?

— Ya sabes cómo están las cosas... aun así lo pensare.

Una vez en el andén Eduardo se despidió de su mujer con un suave beso en los labios que demoró intencionadamente, como sabía que a ella le gustaba.

— Nos vemos a la noche, cariño.

– Luego hablamos por wasapp ¿vale? - repuso Eduardo cuando
el tren se paraba frente a ellos.

Eduardo busco el coche siete que le dejaría directamente en el
hotel donde tenía que prestar sus primeros servicios. Sol subió al
número cinco que iría hasta el edificio consistorial donde,
desde las siete treinta y durante dos horas, atendía las necesidades
de peluquería de concejales y funcionarios, miembros de los
cuerpos de elite de la administración nacional al que pertenecían.

El tren iba abarrotado. Aquella era una atmósfera densa. No se oía
ni un susurro. Sólo el lánguido siseo del vehículo magnético. Las
ordenanzas de uniformidad de horarios imponían horarios muy
rígidos, y tan solos aquellos que tenían hijos disponían de un
margen de media hora para adaptar sus necesidades familiares.
Tener hijos era un proceso administrativo tan exigente, y los
gastos tan elevados que Sol aún no lo había querido abordar, a
pesar de las sucesivas demandas de Eduardo en el último año.

Sol se despistó un poco pensando en ello, y cuando llegó su
parada dudó, casi se queda atrapada dentro. El tiempo de
apertura era muy riguroso y el sistema de conducción automático
poco flexible, en alguna ocasión había tenido que pagar en
moneda temporal los gastos de una demora, por saltarse una

estación y no haber podido llegar en hora.

Eduardo comenzó a moverse lentamente entre los pasajeros que se agolpaban en los pasillos del vagón cuando su *teleworkpad* o *TWP*, así llamaban al dispositivo de control laboral móvil, le alerto que su estación era la próxima. A pocos metros del andén, en la boca de salida a la red subterránea que comunicaba toda la ciudad, encontró el primer control policial. Estos cada vez eran más frecuentes y exhaustivos, lo que obligaba a los viajeros a esperar algunos minutos, y a tenerlos muy en cuenta para poder llegar en hora a sus puestos de trabajo. La sensación que ofrecían aquellos controles era brutal, agentes acorazados y armados con fusiles de asalto, perros agresivos, escáneres, continuos cacheos y retenciones preventivas.

Su primer servicio debía prestarlo en un hotel céntrico. Aceleró el paso para recuperar el tiempo perdido en el control policial. Ayudado de las cintas transportadoras que cubrían toda la intrincada red de conductos viarios y un par de carreritas, alcanzó el ascensor de servicio que le conducía a la planta cuarenta y tres. Allí debía realizar labores de mantenimiento de la climatización. El *TWP* le señalaba las tareas correspondientes y la duración estimada.

Mierda de máquina, murmuró para si al comprobar que la

programación horaria había reducido el tiempo de trabajo en quince minutos. La semana pasada lo termino a duras penas disponiendo de más tiempo. Abrió la sala de control con furia contenida, pero el golpe fue tal que varias camareras se volvieron para mirarlo.

— Hola, la puerta estaba algo atascada. - se disculpó.

Las dos muchachas apenas pararon y continuaron con una ligera sonrisa, apretando el paso. Conectó el *TWP* al sistema y comenzó la revisión rutinaria de depósitos, conductos y válvulas de control de temperatura. Tras una hora y tres cuartos de un complejo trabajo de supervisión, aplicando los protocolos establecidos, sabiendo lo crítico que podía ser una mala calibración de aquellos dispositivos, tuvo que terminar ajustando una de las llaves manualmente, sin utilizar el sensor de presión pues el *TWP* ya le avisaba de que tenía que comenzar el siguiente trabajo. Estaba harto de correr cada vez más, trabajar peor y cobrar menos, y todo porque los tiempos de realización de cada uno de los trabajos, se medían diariamente y se reajustaban periódicamente para reducir costes laborales.

De nuevo dentro de un vagón abarrotado de gente, se estremeció al recorrerlo con la vista y solo encontrar gestos de cansancio y silencio. Apenas eran las diez y quince minutos de la mañana. Sintió que aquel día se haría muy largo.

Eduardo aprovechó los escasos diez minutos que tardaría en desplazarse desde la manzana hotelera al nordeste de la ciudad, hasta su siguiente destino algo más al sur, el complejo financiero estatal, para enviar un mensaje. En él pedía una entrevista con el supervisor de asignación de funciones. Llevaba tiempo reclamando trabajos de nivel superior que conllevarían mayores retribuciones y menos desplazamientos, pero no había obtenido aún respuesta alguna.

Tan solo se demoró dos minutos en llegar al aparcamiento de limusinas, donde prestaba su segundo servicio. Se contuvo de lanzar el *TWP* contra el suelo cuando vio que este emitía en rojo un mensaje de sanción por retraso. Se presentó ceñudo ante el jefe de taller.

— Buenos días. ¿Es usted, el responsable?

— Sí soy yo. - contestó de manera bronca - Llevamos esperando cinco horas. Y en media varios vehículos deben salir.

— Vengo, en el horario programado.

— Claro, claro, ponte manos a la obra, y rapidito.

Eduardo le miró de soslayo y se dirigió al coche que señalaba el capataz con la mano.

– Este es el primero, en veinte minutos sale.

Cuando terminó, tres horas más tarde, con el último de los diez vehículos, respiró profundamente. Miró el *TWP* y comprobó que disponía de treinta minutos para comer. Buscó la casa de comidas más cercana en el navegador y reservó un menú del día. Las casas de comidas se encontraban ubicadas dentro de la red subterránea de comunicaciones. Los conciertos de las empresas, a través de compañías de bono-comensal, permitían a los trabajadores comer rápidamente, tras las últimas medidas laborales aplicando copago para optimizar costes y tiempos. Sentado en una mesa alta y longitudinal, junto a otras diez personas, Eduardo observó la comida con desgana. La variedad era inexistente, la cantidad escasa y la calidad ínfima. Sus tripas rugían. Cogió la cuchara para llevarse a la boca aquella espesa crema de sabor indefinido que sabía siempre igual, pero que ofrecía colores distintos para cada día de la semana. A su lado un parroquiano removía el puré con la cuchara como si esperase encontrar algo.

– ¡Y tienen el cuajo de llamarlo crema de verduras! Esto no ha conocido, ni por asomo, una sola hortaliza.

– Por lo menos podía ser de color verde o naranja. - apostilló Eduardo.

Ambos se miraron y sonrieron con desgana. El *TWP* vibró. Eduardo lo miró. La pantalla anunciaba, un mensaje de texto procedente de Sol. La cara de Eduardo se iluminó. «Cómo estas cari? Estuve pensando. A lo mejor tienes razón. Hablamos noche Bsss». Por fin una buena noticia en aquel jodido día, pensó. Eduardo cogió con ganas cuchillo y tenedor, y zanjo de dos bocados el pequeño filete de "carne" indeterminada, a pesar del sugestivo título que lo precedía "solomillo de cerdo en salsa americana".

Antes de salir con destino a su tercer trabajo, revisó el módulo de pagos para comprobar el ingreso por cada uno de los trabajos realizados. La retención volvía a subir según las fluctuaciones del mercado de primas de seguros sociales. Tampoco había noticia alguna de la unidad de gestión laboral.

El *TWP* señalaba su siguiente trabajo a varias manzanas de donde se encontraba. Tenía quince minutos para llegar, cómo había tiempo decidió caminar. No por disfrutar del paseo, pues todos sus desplazamientos se realizaban bajo tierra. Las salidas al exterior en la ciudad suponían un pago de tasas y pasar por controles policiales. Casi ningún trabajador alcanzaba a ver la luz del sol, salvo para realizar labores que así lo requirieran. Todo tenía un límite y el suyo había sido sobrepasado, pensó mientras marcaba el número destinado sólo para emergencias del *TWP*. Una operadora se puso al otro lado con urgencia.

– ¿En qué puedo ayudarle?

– Necesito hablar con el jefe de programación. Ha surgido un problema.

– El *TWP* le identifica como Eduardo Noriega. Por favor, confirme su clave de sistema.

– Tres, uve, zeta, cuatro, cero, dos, uno, be mayúscula.

– Confirmo su acceso y traslado su petición.

Eduardo caminaba esperando que su arriesgada maniobra sirviera para algo más que para encabronar a los jefazos, que por otra parte ni conocía.

– ¿De qué se trata, señor Noriega? - le interpeló una voz masculina en tono inexpresivo.

– Llevo varios meses esperando una respuesta de los departamentos de recursos humanos a mi solicitud de ascenso a nivel laboral tres.

– Señor, sabe usted que este no es el cauce y que no puedo atender esto. Buenas tardes.

– Si no obtengo una respuesta, me niego a realizar el siguiente servicio. - se atrevió a afirmar Eduardo, sorprendido por su respuesta.

– Eso es inadmisible. Su trabajo está programado desde hace días y el cliente le espera.

– Usted decide: o hablo con el jefe de asignadores o se va buscando a otro.

– El *planing* indica que no hay disponible nadie más.

Eduardo calló. Consciente de su órdago, le temblaba el *TWP* en la mano.

– ¿Me escucha señor?

– Sí, estoy en la puerta del cliente. Usted decide si subo o si me quedo aquí.

– Vale, vale, espere un momento. - sugirió la voz anónima. Trascurrieron varios segundos que se le hicieron eternos.

– Hola Eduardo. Soy Jaime, de asignación de servicios.

– ¿Qué tal Jaime? Creo que nos conocimos hace algunos meses en…. Bueno, dime qué puedo hacer por ti.

– Verás; mi mujer y yo queremos tener un hijo. Tú sabes los gastos que supone. Nuestros ingresos no son suficientes, y llevo meses tratando de hablar con alguien de una petición que cursé, sin conseguirlo.

– Desde aquí no podemos hacer mucho. Sólo puedo ponerte más servicios, de mayor duración y así…

– ¡Hombre! Sabes que trabajo todos los días diez o doce horas, y realizo cuatro o cinco trabajos distintos para el consorcio de empresas de servicios no automáticos. Tengo cualificación como programador y analista para poder subir de nivel laboral.

— Te voy a ser sincero Eduardo; ayer mismo tuvimos una visita del accionista mayoritario del consorcio que nos anunció la absorción de este por la empresa matriz del *TWP*, *Work Corporation,* y que eso podría conllevar una ligera bajada de salarios e incluso algún despido. Creo que no es el mejor momento para tener hijos.

— Llevamos así años, siempre pasa algo que…

— Tú decides si vas o no a realizar el trabajo. Yo reportaré tu petición. No puedo hacer más por ti. Adiós.

La comunicación se interrumpió. Eduardo abatido, cogió el ascensor. El wasapp mostraba un mensaje de Sol «cari, te veo en casa. Estoy muy contenta. Bsss». Esbozó una sonrisa y salió del elevador. Su siguiente trabajo era en el ático de uno de los más suntuosos edificios de la ciudad. El sistema de limpieza reportaba fallos en la vivienda.

Llamó a la puerta. Al otro lado, una mujer de raza negra miró el *display* de la consola de control de acceso, confirmó su identidad y abrió la puerta.

— Hola, vengo a revisar los robots de limpieza.

– Buenas tardes, pase. - La mujer se dio la vuelta y emprendió la marcha - Sígame, por favor.

Tras recorrer un largo pasillo que comunicaba las habitaciones del servicio doméstico, llegaron a un amplio salón. Obras de arte, lujosas alfombras y muebles de maderas nobles decoraban la estancia.

– Hace dos días, uno de los robots rasgó la alfombra, y creo que cuesta cada una más que el sistema de limpieza entero de la casa. - bromeo con una pequeña sonrisa la mujer.

– ¿Dónde se encuentra ahora?

– Esta desconectado, tras aquella puerta.

Abrió el armario, y un dispositivo de limpieza total de última generación de casi metro y medio de altura apareció ante él.

– Si necesitas algo, pulsa el nueve en el intercomunicador. Te ruego que no hagas mucho ruido. El señor trabaja en el despacho de al lado. - y la mujer se marchó.

Eduardo cabizbajo, le seguía dando vueltas a su situación, conectó su *TWP* a la máquina. Comenzaba el trabajo con retraso y aun le quedaban por atender a dos clientes más. Al otro lado escuchaba voces, más bien los gritos que pegaba un vehemente individuo. Al principio no le prestó mucha atención, pero tras escuchar varios insultos y las palabras "consorcio de servicios", pegó el oído a la pared.

– ¡Estoy hasta los cojones de mariconadas y problemas con el dichoso consorcio! ¡Yo he venido a este mundo a hacer negocios no a promover obras de caridad! - afirmaba con voz potente.

Tras una pequeña pausa, continuó

– Sabes de sobra que el TWP me ha llevado a controlar el mercado laboral, y que gano un dineral gestionándolo. - se hizo otro silencio - Sí, si ya sé que abaratar los precios de los servicios subcontratados es lo que exigen las grandes multinacionales, y ellas pagan lo que yo vendo - una nueva pausa - El gobierno pisa por donde mean esos magnates. Vale muy bien. No pienso bajar los precios, lo que no significa que renuncie a ganar más rebajando costes laborales, tú ya me has entendido. Haz lo que tienes que hacer y déjate de ostias.

Eduardo no podía creer lo que oía. Aquel hombre confirmaba lo que todos pensaban, y nadie se atrevía a confesar. Existía un sistema podrido de enriquecimiento a costa del trabajo de los demás, controlado por unos auténticos mangantes.

Empezó a desmontar el mamparo de acceso a las funciones de control del robot. Seguía pensando en ello. Qué podía hacer él, un pobre hombre, un trabajador sin influencias, sin contactos, sin nada ni nadie que no fuera su mujer, y su distanciada familia. Encontró el problema, un fallo en el nivel de sensibilidad de limpieza de residuos. Le daba vueltas la cabeza, estaba tan harto, tan cansado. No veía futuro, no albergaba confianza en un mañana mejor, si alguien no hacía algo y pronto. Mientras recalibraba el sistema y limpiaba algunos sensores pensaba en las huelgas anunciadas para los próximos días, en aquellos que arriesgaban su vida en ellas, y en cómo habían reforzado la seguridad de las zonas donde se realizarían las protestas. También recordó que aquellos que mostraban su rechazo a las medidas del gobierno eran arrestados. Se habían endurecido mucho las leyes de convivencia ciudadana para reprimir cualquier reclamación social en las calles, por justas que estas fuesen.

Un pensamiento negro, ácido, paso por su cabeza. Ahora que estaba allí no le sería difícil acabar con aquel cabrón que manejaba las vidas de los demás sin ningún escrúpulo. Pero lo rechazó de inmediato ¡Que insensatez! No tardarían en detenerle y ajusticiarlo. No había nada que hacer, se dijo. Cuando ya descartaba cualquier idea de intervención, recordó que ese modelo de robot estaba preparado para eliminar y retirar residuos biológicos vivos del tamaño de una vaca, y recordó un artículo que leyó, donde organizaciones animalistas criticaron duramente unas pruebas de un *droide* similar que era capaz de acabar con una hiena en menos de dos minutos.

Había tomado una decisión. Dispuso el aparato de manera que en tres minutos un gusano informático cambiase la programación permitiendo la eliminación de cualquier tipo de residuo orgánico vivo, cancelando los sistemas de protección humana.

¡Tenía nivel como programador de sobra! Pensó, mientras torcía la boca en una media sonrisa. Una vez comprobado que todo estaba en orden, inició la máquina y la condujo a la sala contigua. Abrió una puerta e hizo pasar al robot. Allí un hombre enjuto, de cabellos lacios miraba una pantalla, echado hacia atrás en un lujoso sillón. Levantó la cabeza y lo miró con desprecio.

— ¿Qué pasa? - más que una pregunta pareció un insulto, por el tono empleado.

— Nada, hemos puesto en servicio el robot y va a realizar su trabajo. - contesto Eduardo con voz suave.

— Bien, pues váyase de una vez, y más vale que funcione de una puta vez.

Eduardo se retiró, cerrando la puerta. Se apresuró para recoger sus cosas. Enseguida la mujer de servicio le enseñó el camino de salida. Eduardo nervioso y algo confuso tomó el ascensor de vuelta a la red subterránea de transporte.

Aceleró el paso. No sabía si era por llegar antes a su nuevo punto de trabajo que ya marcaba el *TWP* en naranja o por alejarse de aquella locura que acababa de cometer. Un revoltijo de pensamientos y sentimientos encontrados bullían en su cabeza. Un joven se acercó y le tendió un panfleto.

— Compañero, con la ayuda de todos podemos derribar este sistema opresor, disfrazado de democrático. Mañana, huelga general.

— Gracias. - Eduardo recogió el papel.

Todavía no había pensado qué hacer durante la huelga. El precio de un día sin trabajo no sólo era económico, algo que casi no se podía permitir. Las consecuencias que llevaba aparejadas eran mucho peores. Sintió un mareo y se detuvo junto a la pared. Notaba presión en el pecho. Tenía la cabeza a punto de estallar, y un sudor frío le recorría todo el cuerpo. La gente al pasar le miraba, pero nadie se detenía. Era lo inhumanamente habitual. Todos los que pasaban por allí iban con hora. Respiró hondo e intento tranquilizarse. Reanudó la marcha. Apago el *TWP*, a sabiendas de los problemas que aquella decisión podía acarrearle. Hoy no haría más servicios y mañana tampoco.

Se sintió más aliviado. Al entrar en el andén un grupo de personas coreaban consignas. Portaban varias pancartas en las que exhibían frases contra las medidas laborales del gobierno. Al otro lado, un destacamento de personal antidisturbios se preparaba para cargar. Pensó en volver sobre sus pasos, pero sus piernas le llevaron junto al grupo de manifestantes que le acogió con júbilo. Integrado como uno más se sorprendió, coreando a voz en grito frases como ¡Gobierno dimite el pueblo te lo exige! O ¡Hace falta ya, una huelga general!

Los antidisturbios se acercaban parapetados detrás de sus escudos, blandiendo sus porras, fusiles de bolas de goma y pistolas eléctricas. El grupo se abrió y varias personas comenzaron a lanzar objetos. La respuesta fue instantánea y comenzaron a llover pelotas de caucho sobre los manifestantes. Los policías se detuvieron y comenzaron a golpear sus escudos con las porras, generando una sensación absolutamente bélica. Un pequeño grupo de manifestantes incendió varias papeleras y contenedores. Cayeron varios botes de humo y la atmósfera se hizo irrespirable. De nuevo, los agentes reanudaron la marcha con mayor energía, lo que provocó una desbandada general. Una joven que había tropezado reclamó la ayuda de Eduardo a gritos. Este acudió a socorrerla. La muchacha lo vio derrumbarse justo cuando le tendía la mano.

Sol, tras calentar la cena, comprobó que era algo más tarde de lo habitual. Deseaba ver a Eduardo, besarle, abrazarle, hacerle el amor, y sobre todo darle la buena noticia. Conectó el *TWP* a la pequeña pantalla mural para ver las noticias mientras le aguardaba. La presentadora del canal de noticias público terminaba de comentar la muerte del magnate y dueño de *Work Corporation,* en un desafortunado accidente doméstico. A continuación, conectaban con un hotel céntrico donde una explosión había acabado con al menos ocho personas. Se sospechaba de un sabotaje en el sistema de climatización, y se tildaba de despreciable acto terrorista promovido por los extremistas que se manifestaban contra el gobierno. En seguida daba paso, a otro informador que desde el metro anunciaba que el presunto autor del atentado había sido abatido, unas horas más tarde, en una carga policial contra radicales tras ser acorralado junto a estos, cuando pretendía destrozar unas instalaciones ferroviarias. Fue posteriormente identificado cómo Eduardo Noriega, de treinta y cinco años, con una autorización de trabajo que caducaba en dos meses, sin antecedentes penales ni familia conocida, un «lobo solitario», concluyó el periodista.

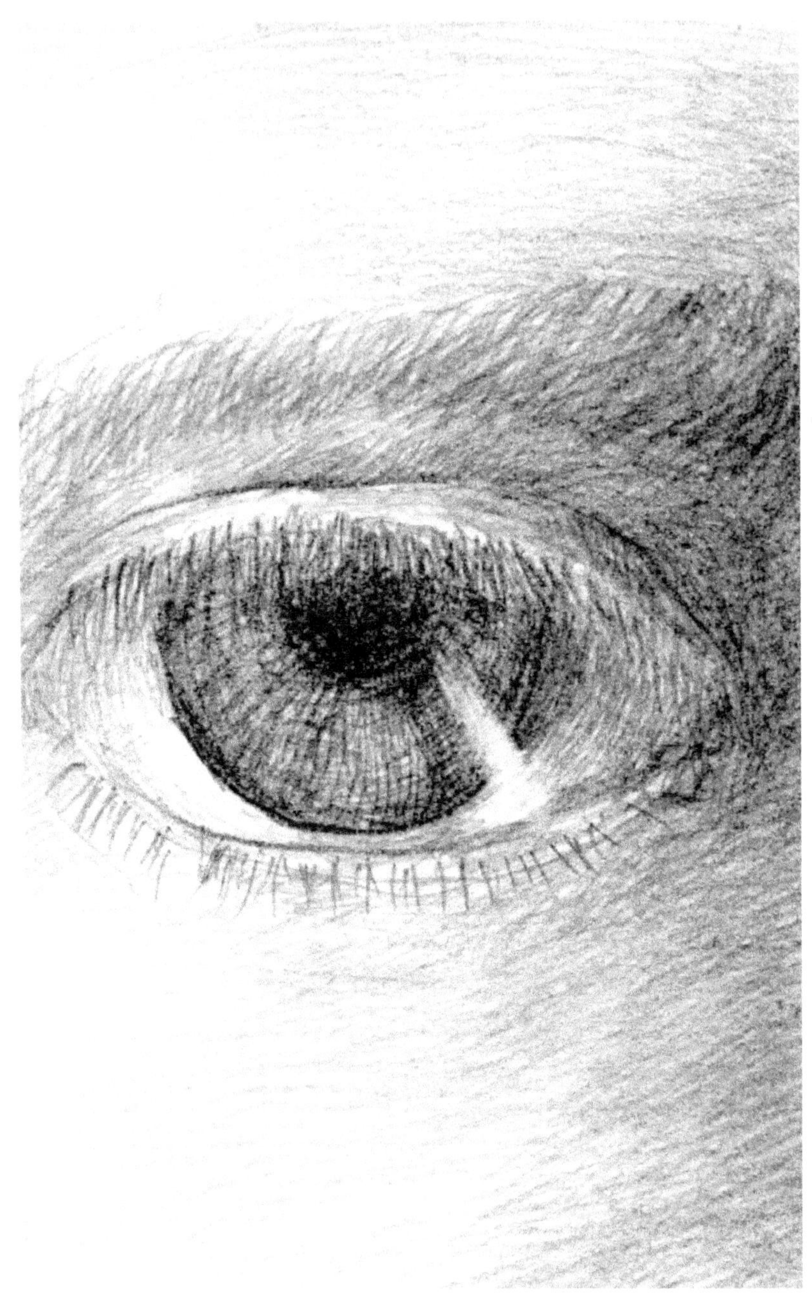

Primordial ensueño

La musa que consagro su éxito le pillo desprevenido, indefenso, y ni mucho menos trabajando, sino paseando por el parque y lanzando una pelota a Pelusa, su perra. Una tras otra le devolvía una bola cada vez más pastosa que su mascota esperaba supusiera un nuevo lanzamiento, una nueva carrera, otra cabriola. Algunas veces para evitar coger aquel repulsivo objeto del deseo canino le atizaba un puntapié, a lo que Pelusa respondía con la misma vitalidad.

Pasear con su perro se había convertido en uno de esos momentos a los que recurrir cuando algo «no anda bien». Una actividad insulsa, sin objetivo, sin una finalidad concreta. Era un tiempo donde no tenía que pensar, ni imaginar, ni crear o recrear, ni delirar, y eso le gustaba. Abrir un intervalo vacío de reflexión y de pensamiento. Tan sólo actuar y observar. Esos paseos que se convertían en una vía de escape, aunque él nunca los conceptualizó así. Y fue raro porque siempre conceptualizaba todo, o al menos lo intentaba. En ello esperaba la chispa. El concepto ante todo y, sobre todo.

Un nuevo puntapié, otra galopada. Pero... ¡Pelusa no volvía!

Aquella había sido una buena patada y la pelota había ido a parar tras un seto. El sol se ponía justo detrás entre los árboles, y tuvo que llevarse la mano a la frente para intentar divisar la vuelta de su perro. Se fue acercando extrañado por la tardanza. Al sobrepasar los arbustos, una mujer... ¡no!, ¡una niña!, una joven con cara divertida levantaba la esférica masa de babas, tierra y verdín para lanzarla aún más lejos, con la consiguiente algarabía de Pelusa. Jean no pudo por menos que sonreír ante aquella imagen casi onírica. Una fotografía no le habría hecho justicia, pensó. Y lo uno llevo a lo otro, de la imagen a la reflexión, del pensamiento al concepto, y del paseo a la creación. Así le gustaba definirlo cuando en ruedas de prensa se le preguntaba por aquel giro inesperado, sorprendente, atrevido y original que le había consagrado en uno de los jóvenes creadores plásticos del momento.

De manera muy correcta, se acercó y le pidió disculpas. Se interesó por si aquella bola viscosa y nauseabunda le había golpeado y manchado. Lisa se limpiaba las manos en la falda cortísima que llevaba, mientras muy sonriente le miraba y negaba cualquier molestia producida por tan linda criatura o su juguete. A Jean sus palabras le parecieron tan musicales que las colocó mentalmente sobre un pentagrama. Al verlo tan absorto, Lisa le pregunto si le parecía mal que jugara con su perro. Tras superar su aturdimiento, se presentó cortésmente, así como a Pelusa que ya depositaba la pelota a los pies de Lisa.

Entre lanzamientos y patadas caminaron juntos. Lisa proclamó su debilidad por los animales, por las puestas de sol entre los árboles y por la naturaleza. Jean enseguida se llenó del perfume que emanaba la juventud impetuosa, la vitalidad y la fuerza innata de aquella mujer, excesivamente joven para él, se recalcó de inmediato.

Durante los siguientes días y semanas, Jean desplegó una actividad frenética, todo lo que esbozaba, esquematizaba y pintaba tenía sentido, todo fluía, sobre todo tras los paseos que primero de manera encontradiza, y después de mutuo acuerdo realizaba con Lisa durante las últimas horas de la tarde. Por las noches en su estudio exprimía la sabía que florecía cada tarde. El lápiz se movía en sus manos instintivamente, los colores resplandecían, los objetos, las siluetas, las formas, las figuras se podían tocar, se podían sentir. No tenía claro con que disfrutaba más, si de los paseos con Lisa, o de las noches de enaltecimiento artístico que aquellos le provocaban ¡no quiso elegir! ¡no podía elegir! Eso si lo tuvo claro, en algún momento. Cada detalle, cada palabra de Lisa estuvieron en su pincel. Cuando Lisa preguntó por su lugar de nacimiento, cuando le mostró la cadena que le regalaron sus padres, cuando acariciaba a Pelusa, cuando canturreaba cualquier cosa, cuando preguntaba, cuando saltaba o corría o bebía, cuando… cuando… y así todo se trasladaba al lienzo. Siempre recordaba aquel periodo de su vida cómo el más feliz, incluso ahora que se acercaba la hora de su boda.

Ese estado de suave embriaguez que nos permeabiliza sucedía en cada encuentro con Lisa; fue acomodándose en su vida hasta no recordar cómo había vivido, sentido y pintado antes. Nunca pensó en amor, en deseo o atracción física, en inclinación o devoción alguna. Lisa estaba más allá de lo mensurable, de lo cualificable, no lo entendía, no le interesaba.

En una de aquellas tardes, Lisa sabedora de la capacidad artística de su nuevo compañero de paseos, expresó interés por su obra. Quería verle pintar, quería sentir aquella emoción, que él había intentado describir, en alguna ocasión, sin encontrar las palabras. Jean tembló. ¿El misterio, la magia se romperían? Consideró las consecuencias de mostrar a Lisa su trabajo. Lleno de imágenes, alusiones e interpretaciones de su relación… ¿Cómo lo entendería? ¿podría rechazarlo? Tras argumentar diversas derivadas que no encajaban con una respuesta, objetó no sentirse preparado, que faltaban remates y le prometió una visita a su estudio a la vuelta del viaje que ineludiblemente debía realizar para preparar el estreno de una nueva exposición. Jean percibió resquebrajarse algo, intangible, inalcanzable cómo cuanto rodeaba a Lisa.

La siguiente semana durante los paseos Jean y Lisa, acompañados de Pelusa, continuaron charlando, riendo y festejando el atardecer. Jean describió pormenorizadamente sus planes para la nueva galería, los eventos que preparaba su marchante y el interés que algunas de sus obras habían generado en la capital. Lisa mostraba su entusiasmo y su deseo de conocer aquella forma de plasmar la vida que Jean intentaba trasladar de su pincel a sus palabras. Jean era consciente que las pincelabas le brotaban y las palabras no.

La última tarde antes de partir, Jean se armó de valor e intentó describir un pequeño cuadro que había terminado recientemente. «Es una obra esquemáticamente sensual, que una sola gama cromática de magenta permite representar, en suaves y distanciadas pinceladas, el perfil de una mujer con el pelo recogido.» Jean quedo satisfecho de su descripción, pero

Lisa preguntó «¿qué la hace sensual?» Jean se sobrecogió ante aquella pregunta. Él la percibía sensual. No podía desprenderse de un gesto tan esbozado, tampoco la utilización del color le resultaba la justificación, quizás el trazo del pincel. ¡No! Sintió miedo ante su percepción. Lisa insistió, me gustaría verlo. Pero siguieron caminando con las palabras de Lisa resonando en su cabeza, la mirada ausente, y un nuevo lanzamiento de pelota de Lisa con más fuerza, más lejos, al que Pelusa respondió con su alegre carrera.

Tras una semana preparando la exposición, Jean acudió al parque ansioso por ver a Lisa y lleno de optimismo, y con aquel cuadro en un cartapacio para mostrárselo. Anduvo durante varias horas, pero no la encontró. Deambuló por el parque, recorrió el barrio, callejeó por la ciudad durante al menos diez días. Cada vez más cabizbajo, más afligido ¡Y nada! Nadie conocía a aquella mujer. Ninguna persona la había visto, ni sola, ni paseando con él ¡nunca! Algunos si reconocían haber visto a Pelusa de aquí para allá, pero no recordaban a una joven delgada, alta, de piernas largas, media melena pelirroja, facciones suaves y ojos verdes.

La infructuosa búsqueda acabó con la apertura de la galería, que recogía una buena parte de su obra. Una treintena de lienzos pintados en menos de veinte días. Cuando lo contaba, ni tan siquiera su galerista le creía. Increíblemente prolijo había sido su despertar al atardecer con Lisa. Después, de parabienes, vítores, excelentes críticas y unas estupendas ventas, con el encargo de una nueva exposición para el año siguiente, Jean regreso con la esperanza de retomar sus paseos con Lisa, de haber sufrido un mal sueño donde no encontraba a su musa. Con el paso del tiempo, en su desesperación, pensó que sí debió ser un ensueño, una alucinación, una quimera. Que aquella joven, fuente de su inspiración, no fue más que una recreación ideal del sentimiento artístico que le condujo a encontrar su camino.

Habían transcurrido tres años de su encuentro con Lisa, el primero lleno de reconocimientos y éxitos, los últimos rentabilizando el trabajo de aquellos veinte días. Anduvo exigiéndose, buscándose, intentando reinventarse, y trabajando sin cesar, pero su pincel ya no sobrevolaba los trazos de manera límpida, sus colores no vibraban, la fuerza y armonía de sus composiciones no emanaban sentimiento. Durante todo ese tiempo no había dejado de pensar en ella. No había parado de recapitular y repasar imágenes, escenas de aquel breve periodo de su vida que no podía afirmar haber vivido, pero que guardaban la innegable evidencia de su obra. Ahora esperaba en el altar, ante una multitud de amigos y familiares, para consagrar su relación sentimental con Olga. Allí, a pesar de todo, no podía por menos que elevar una mirada añorante de su epifanía artística y dar gracias al cielo o a Lisa por todo.

Una pelota húmeda, con arena y hierba adherida, fue rodando hasta el antealtar, dejando un fino rastro tras de sí. La novia se removió incomoda ante el murmullo que ese pequeño objeto había generado. Jean, aturdido, descendió los escalones para recogerla. Una pequeña mueca de alegría se atisbó en sus labios al imaginar el alborozo de Pelusa cuando él pateaba pelotas por las calles, cuando levanto la cabeza pudo ver al final del pasillo a una mujer alta y pelirroja que le sonreía, y la emoción de pintar volvió a hormiguear por todo su cuerpo.

Bien merecido

«Tras un tenso debate la reforma laboral ha sido aprobada por la mayoría del Congreso, con los únicos votos a favor del partido en el gobierno.» Decía la presentadora del espacio informativo que veía Ernesto desde su sillón.

— ¡Bien hecho! - exclamó para sí.

Volvió a dar otro sorbo de su cerveza para arrellanarse en el viejo butacón que presidía la estancia, frente al televisor. Cómo todas las noches antes de cenar Ernesto gustaba de informarse de lo acontecido durante el día, mediante los telediarios de la cadena pública, acompañado de una lata de cerveza. En aquella ocasión se sentía especialmente satisfecho. Si le hubiesen consultado a él para tomar aquella medida habrían coincidido plenamente. Estaba claro que no había otro camino, pensaba.

Alberto se vestía mientras Cándida desde la cama le observaba. El ritual de su marido era conmovedor, al menos a ella se lo parecía. Primero se deshacía de los calzoncillos con los que dormía. Nada más utilizaba esa prenda durante la noche. Después tras elegir calcetines y calzoncillos del cajón de la cómoda, se dirigía al armario donde escogía unos pantalones y una camisa que él mismo planchaba y ordenaba por colores y tejidos. Luego se vestía despacio, ajustando cada prenda a su fisonomía, con una lentitud de la que ella disfrutaba, y algunas veces hasta le excitaba. Pensaba en un *estriptis* al revés, sólo le faltaba la música. Aquel día su marido quizás había ido algo más rápido y eso la inquietó.

— A ver con que mierda se descuelga hoy el gobierno de los mercados - hizo una pausa - porque de los ciudadanos… no sé yo.

— Me gustaría veros a vosotros en su lugar o ¿creéis de verdad que hay otra salida? - repuso Cándida que en cuestiones de política no congeniaba con su marido ni la mitad que en la cama.

— Que hayas votado a ese partido de vendidos no significa que tengas que aceptar cuanto hacen. No entiendo vuestra resignación. Tiene que haber otra salida más justa. - intentó zanjar la conversación Alberto no sin cierto enfado.

Bien trajeado alisándose el pelo sobre su incipiente calvicie Ernesto salía por la puerta del despacho de la directora de recursos humanos. Desde el fondo del despacho provenía la voz que pronunció su nombre, se paró dándose la vuelta para observar a su interlocutora, que con tono preocupado se dirigía a él.

— Ernesto. No nos queda otra salida son órdenes de arriba.

– No se preocupe, Adela lo entiendo y lo comparto. Es lo que hay que hacer en tiempos de crisis. - repuso Ernesto con gesto de asentimiento.

Recorrió la zona de moqueta que distingue las dependencias de la dirección, y a continuación, bajo dos tramos de escaleras para descender hasta la planta de almacenes de la que era rey y señor, así se sentía él. Hizo llamar a tres empleados de su sección por megafonía, y enseguida acudieron dos hombres de mediana edad y Cándida. Ella llevaba trabajando en aquella empresa casi diez años y aunque no era un trabajo que la llenase, no se quejaba y se entregaba a sus quehaceres en cuerpo y alma. Al llegar al despacho de Ernesto, Francisco y Fernando ya se encontraban allí. Observó como Ernesto les entregaba un papel. Se dirigió hacia ella con un gesto que parecía un saludo, y le tendió otro documento igual.

– Podéis pasar por caja a por lo finiquitos. Es todo. - expuso Ernesto con mucha frialdad e indiferencia.

– Veinte años en la empresa y me dices que «es todo» ¡Ni una explicación, así, porque si! Hasta el día que te mueras serás un cabrón. - repuso Francisco ostensiblemente cabreado.

– Son lentejas, majo ¡La crisis! - sentenció Ernesto con una media sonrisa.

– ¿Qué crisis? ¡Joder, si habéis tenido un cinco por ciento más de beneficios y os acaban de dar una gratificación a los jefes!

– ¡Me cago en la puta que os parió! – dijo Fernando acercándose mucho a Ernesto, enfadado y en actitud provocadora.

Cándida con lágrimas en los ojos observaba aquella discusión con sensación de incredulidad y mareo. Ernesto sin entrar en provocaciones hizo señas a dos empleados de seguridad que observaban la escena, preparados a pocos metros de distancia, pues ya habían sido prevenidos por el encargado del almacén. Estos se acercaron y agarrándolos por el brazo retiraron a los trabajadores recién despedidos, no sin que estos aprovecharan para increpar a gritos a su antiguo jefe.

No habían transcurridos ni tres días del despido de Cándida cuando ya se podían leer por toda la empresa carteles convocando a los trabajadores a una huelga. Ernesto deambulaba entre el almacén y las instalaciones comerciales, junto con un compañero cuando oyeron voces de trabajadores que coreaban consignas contra la dirección. Ernesto y sus compañeros se acercaron a la asamblea que estaba presidida por Alberto. Este hablaba por un megáfono y a duras penas se le escuchaba entre el gentío enardecido.

- La situación no hace más que empeorar. Algunos aprovechan la crisis para aumentar el margen de beneficios. Despedir es más barato y ya no hay que justificar nada. - arengaba Alberto a los compañeros que asentían y comentaban entre ellos - Algunos partidos políticos han reducido la democracia a un ¡tú votas cada cuatro años y luego ya haré yo lo que me dé la gana! La clase obrera debe reflexionar y en breve tendremos elecciones generales.

Ernesto escuchaba también los comentarios de algunos compañeros de alrededor.

- Es lo que votamos y lo tenemos bien merecido. - expresaba uno de ellos.

- ¡Estamos tontos o qué! Primero votamos a estos sinvergüenzas y luego ellos le dejan nuestro despido en bandeja al patrón. - apostillaba otro.

Cándida que había ido a recoger algunos papeles que necesitaba para obtener la prestación por desempleo se había acercado también a escuchar a su marido, y apesadumbrada percibía la indignación y resentimiento que acumulaban sus antiguos compañeros que ya habían soportado varias bajadas de sueldo. Y ahora la reducción de cincuenta empleos en toda la empresa estaba colmando la capacidad de aguante de muchos.

– Ante los despidos injustificados, debemos movilizarnos. El comité ha debatido la situación y os propone una huelga de cuarenta y ocho horas. - continuo Alberto intentado exaltar a su auditorio.

– Unidos podemos vencer, nuestra arma es la movilización. Todos a la huelga. - los trabajadores prorrumpieron en aplausos y comenzaron a corear ¡huelga! ¡huelga!

Ernesto observaba con altanería la algarabía y alzando la voz con descaro se dirigió a su colega.

– Lo que hay que hacer es trabajar más. Estos sindicalistas subvencionados se cargan con las empresas y el trabajo. Muy pronto todo esto acabara, ya lo veras. Hace falta más mano dura. Hay que ser inflexibles con tanta molicie y despilfarro.

– Bien dicho, Ernesto. - contestó Javier templando la voz para evitar ser oído.

La asamblea había terminado y algunos trabajadores volvían a sus puestos de trabajo, otros en dirección a su casa dado la hora que era. Cándida permanecía pensativa apoyada contra la pared, cuando se le acercó una vieja compañera.

– Cándida ¿cómo estás? Ya me he enterado. Vaya putada tía.

Pero es que se lo han puesto a huevo a las empresas para despedir. ¡Lo siento de verdad!

Cándida la miró asintiendo con la cabeza para terminar agachándola. No había sido capaz tan siquiera de contestar, quizás habría perdido la capacidad de responder, de reaccionar, pensó ella mientras se aleja llorosa.

De nuevo las noticias traían novedades políticas al telediario. Cómo cada día, desde mucho antes del comienzo de la campaña electoral Ernesto había preparado la velada, en previsión de la confirmación de los acontecimientos que anhelaba. Abrió una botella de vino de Rioja del año dos mil diez, junto con unas aceitunas y unos cacahuetes. A pequeños sorbos ya iba por su segunda copa cuando el presentador en tono adusto afirmaba que los datos oficiales del ministerio del interior confirmaban un cambio de gobierno, de nuevo la llamada alternancia política del bipartidismo imperante se producía. Ernesto levantó su copa en dirección al televisor, para finalizar con un largo trago que terminó con el vino restante, y una sonrisa de satisfacción se dibujó en su rostro.

Alberto se levantó de la cama intentando hacer el menor ruido posible, casi a tientas recogió su ropa y dio la luz del baño al entrar, a pesar de sus cuidados Cándida se despertó.

– Esa luz ¿dónde vas a estas horas? - farfulló Cándida con voz somnolienta.

– Al piquete. Y tú, ¿qué, no te levantas? - inquirió Alberto a sabiendas de que en las últimas semanas sus horarios se había descoordinado.

– El INEM no lo abren hasta las nueve. - contesto algo mosqueada y escondiendo la cara debajo de la almohada.

Al llegar a la puerta del centro de trabajo Alberto se encontró con que ya se concentraban varias decenas de trabajadores, configurando un numeroso piquete. Uno de los integrantes del comité de huelga, megáfono en mano, informaba a los compañeros allí congregados.

– Se van a convocar manifestaciones y paros en defensa del sector público. Los recortes no paran de cebarse con lo que es de todos. Os invitamos a participar e impedir que nos quiten lo que tanto tiempo nos ha costado conseguir. - terminó elevando la voz para transmitir mayor emoción y consiguiendo que algunos de los reunidos prorrumpieran en aplausos.

Ernesto junto con otros dos encargados de sección entraron al edificio bordeando al grupo. Ernesto, altanero y haciendo caso omiso de algunas voces que le increpaban, sonreía de manera burlona.

— Ya están los liberados arengando a las multitudes, ya quedan pocos y menos que van a quedar. ¡Vaya unos trepas! - se acercó a unos de sus compañeros para decirle al oído.

El grupo coreaba con fuerza, acompañado de pitos.

— ¡Esquiroles!

Dos días después, Ernesto había acudido de nuevo al despacho de la directora de recursos humanos. La mujer de menos de cuarenta años, muy bien peinada, con una blusa escotada debajo de una americana ceñida hablaba con serenidad y confianza sentada al otro lado de su mesa en un despacho austero, pero con muebles de buena calidad.

— Prescindir de tu departamento entra dentro del proceso de externalización que tan buenos resultados económicos está dando. Siempre has entendido estas cosas, y espero que a pesar de suponer tu marcha de la empresa lo comprendas. - terminó tendiéndole la mano.

Ernesto sentado, con cierta laxitud poco habitual en él, había estado escuchando las palabras de Adela con la mirada pérdida y asintiendo en todo momento sin comprender del todo lo que estaba pasando. Se levantó de manera automática sosteniendo la mano de aquella mujer sin saber bien cómo había llegado allí.

El sueño de Ernesto había sido intranquilo. Había dado tantas vueltas en la cama que se levantó sudando. Recordaba el sueño cómo una sucesión de imágenes, donde se vio introduciendo una papeleta en una urna que giraba y se alejaba de él. También recordaba una imagen de él mismo riéndose de manera nerviosa en medio de trabajadores que le miraban y enseñaban documentos de despido, entre gritos sordos que le hacían taparse los oídos mientras todo seguía girando cabeza abajo. El resultado había sido un despertar abrupto y una sensación de angustia que no se había ido ni después de ducharse durante al menos diez minutos.

Tras levantarse y vestirse de cualquier manera, se encontró sentado en su sillón viendo el noticiero matinal. Se anunciaban nuevos recortes aprobados en consejo de ministros. Ernesto levantó la taza de café por encima de la cabeza en signo de reconocimiento para luego lanzarla contra la televisión, impactando por encima de esta y derramando todo su contenido sobre ella.

Alberto que disfrutaba de un día libre decidió acompañar a Cándida a la oficina del INEM. Eran las nueve y cuarto de la mañana, y la cola ya daba la vuelta por la esquina del edificio contiguo. Hombres y mujeres de distintas edades esperaban para realizar los trámites correspondientes a sus variadas situaciones o demandas. Cándida había acudido a renovar su solicitud de prestación. Alberto le dio un codazo a su mujer cuando vio acercarse cabizbajo hacia ellos a Ernesto. Cándida se giró para mirar en dirección hacia donde señalaba su marido con la cabeza, y se encontró con la mirada de Ernesto que levantaba los ojos buscando el final de la cola. Al acercarse Ernesto levantó la cabeza tímidamente para saludar, aunque había estado tentado de pasar de largo.

— Hola, Cándida y compañía ¿cómo estáis?

Alberto hizo una mueca y levantó los hombros para luego mirar para otro lado. Cándida se llenó de valor para retener unas lágrimas que amenazaban con despeñarse por sus ojos y respondió.

— Bien, mejor. Está la cosa difícil.

— Siento mucho cómo me porté. De verdad que creía que aquello estaba bien.

Alberto se giró para mirarlo sorprendido y mordiéndose la lengua para no contestar.

— Lo pasado, pasado ¿cómo te va a ti? - se interesó Cándida.

— Bueno, no hay trabajo. Ya lo sabes.

— A lo mejor te interesa. En el polígono de abajo buscaban un encargado para un almacén de materiales de bricolaje. Yo fui, pero no debí de dar el perfil.

- Gracias, iré a ver qué pasa. Muchas gracias. - contestó Ernesto con gesto de agradecimiento.

Ernesto siguió su camino despidiéndose con la mano en alto y se situó al final de la fila. Cándida le correspondió de igual manera mientras levantaba los hombros ante la mirada de incredulidad de su marido.

Un grupo de unas cinco personas, todas vestidas con ropa de trabajo, vociferaban a las puertas de un almacén. Algunos golpeaban fuertemente con palos unas chapas que retumbaban, otros soplaban unas potentes bocinas. El follón se oía por todo el complejo industrial. Ernesto vestía un traje oscuro con corbata azul y sostenía un café en la mano. Miraba por la ventana, y escuchaba con gesto firme y contenido el estruendo que provocaban los trabajadores que reclamaban su puesto de trabajo tras ser despedidos el día anterior. Por la puerta del despacho que ocupaba Ernesto apareció un trabajador vestido igual que los que aporreaban las puertas.

- Don Ernesto, ya he llamado a los de seguridad del polígono. Dicen que vienen de camino. - Ernesto asintió con serenidad.
- Bien hecho Ibáñez, la empresa te lo agradecerá.

Riesgos laborales

Hay días para olvidar. Días en los que no debería haberme levantado de la cama. Días que podría confundir con una pesadilla. Este había sido uno de ellos. Según entre en la oficina, cansado y ojeroso, tras una noche «toledana», percibí que la cosa aún podría empeorar. La noche había sido un ir de aquí para allá, tras haber recibido un whatsapp del antiguo camello de mi exnovia, del que, aunque parezca paradójico acabé por ganármelo para la causa, tras la última recaída de Laura. Relación que tras un largo y tortuoso proceso de desintoxicación habíamos dejado. En él me alertaba de que había vuelto a las andadas.

Allí estaba Juan sentado en mi mesa, con cara de dolor de muelas para entregarme un dosier de la compañía que últimamente ocupaba mis quehaceres laborales para realizar otro análisis de riesgo ante una nueva licitación.

— Espero que tus andanzas nocturnas no te hayan dejado exhausto. El jefe lo quiere para mediodía, y esta vez no hay excusas que valgan. - soltó como un exabrupto mientras lanzaba el portafolio encima de la mesa.

— No es lo que tú crees. Los últimos trabajos me han costado algo más de tiempo, pero han sido iguales o mejores que los anteriores. - intenté disculparme sin entrar en detalles que no me apetecía hacer públicos.

— Venga Faus no me toques los cojones. El jefe te está calando y ya no eres su niño bonito. - estaba claro que quería hacer sangre y yo no estaba para entrar en enconamientos personales o laborales.

— Al grano ¿para qué hora has dicho? - solté mirándole con cierta mala leche.

Juan se levantó, se sacudió la camisa con ese típico gesto de limpiarse la mierda, y se marchó sin decir nada más. Ya que todavía tenía que acabar dos análisis más, decidí hablar con Roberto. Aunque desde mi llegada a la empresa habíamos sido uña y carne, la relación se había enrarecido y le notaba que quería tomar cierta distancia conmigo.

— ¿Qué tal Rober? Y Ana ¿sigue tan guapa como siempre? - le dije con la mejor de mis sonrisas, mientras me acercaba a su mesa.

— Hola Faus ¿todo bien? - me respondió con cierta desgana, casi sin mirarme.

— Veras Rober, tengo un apretón de trabajo... - y sin dejarme terminar me interrumpió.

— Ni los sueñes Faus, yo tengo también mis líos, y solo te acuerdas de mí cuando necesitas que te saque las castañas del fuego.

Adrián se acercó desde la mesa contigua, sin que nadie se lo pidiese. Yo ya me temía lo peor, porque nunca habíamos congeniado. Y me dijo.

— Mira tío, creo que eres un jeta. Te lo has montado muy bien. Has conseguido hacerte con los expedientes de relumbrón y nosotros no hemos dejado de currar en lo que nadie quiere. Pero eso se ha acabado.

Entre el cansancio y la sensación de hostilidad que percibía empezó a removérseme el estómago, y una nausea se apoderó de mi mundo y de mi razón.

A la mañana siguiente nada más atravesar el umbral de la oficina sentí como media docena de ojos se clavaban en mí, como finos aguijones. Sin decirme buenos días, ni preguntar por mi estado de salud, Roberto me indicó que el jefe quería hablar conmigo inmediatamente. Enseguida vi que se entreabría la puerta del despacho de Adolfo y con un gesto de mano me indicaba el camino. Cuando entre él ya estaba sentado al otro lado de la mesa, alisándose la corbata con gesto adusto.

— Buenos días, jefe. — dije, pensando en el rapapolvo que me aguardaba por no tener el trabajo al día.

— ¿Cómo estás, Faus? No me andaré con rodeos, primero

porque no sé darlos y segundo porque el tema me escuece personalmente. - no hacía falta ser muy perspicaz para notar algo que no sugería que fuera a mejorar mi situación.

— Tú dirás. - me acomode para encajar mejor el golpe.

— Mira Faus he recibido varios correos con insultos y amenazas, el último ayer por la tarde. - me sentía observado cómo si esperase alguna reacción en particular.

— Y ¿Qué tiene eso que ver conmigo? — atiné a decir no sin cierta extrañeza.

Se me quedó observando, entrecerrando los ojos como si quisiera penetrar en mis pensamientos.

— En el último hemos podido identificar el correo desde donde se mandó. - hizo una pequeña pausa como esperando que yo dijese algo - Y resulta que es el tuyo.

Me quedé noqueado, en algún momento de mi juventud había recibido algún que otro puñetazo y en ese instante reviví la sensación.

— ¿No tienes nada que decir? - insistió no sin vehemencia, haciendo ademán de levantarse, para luego volver a sentarse.

— Esto yo, no sé qué... no sé cómo... es decir no creerás que yo iba a hacer eso ¿verdad? - llegué a decir medio balbuceando.

— Yo ya no creo nada. - se aflojó el nudo de la corbata cómo si le molestara - Lo he puesto en manos de recursos humanos.

Nos despedimos con bastante aspereza y salí de allí con una asquerosa sensación en la boca del estómago que me empezaba a ser familiar. Más que sentarme me derrumbé sobre la silla de mi puesto de trabajo intentando buscar algún sentido a lo que estaba pasando en mi vida. Repasé mentalmente de manera inconexa los últimos acontecimientos, sin encontrar sentido a nada de lo que estaba viviendo. Así permanecí durante, lo que bien pudieron ser varios minutos, pero que mi reloj insistía en asegurarme que fueron casi dos horas.

Después de recobrar algo de serenidad, y tomarme una tila de la máquina del pasillo, que además sirve como laxante, decidí comprobar mi correo. Efectivamente, allí estaba un mensaje dirigido a Adolfo con un tono que superaba mis peores expectativas sobre el mal gusto y la procacidad. Alguien había manipulado mi ordenador, y había enviado en mi nombre un correo para incriminarme en tamaña calumnia. ¿Quién? y ¿por qué? Eran preguntas que se me agolpaban en la cabeza. Tanto que tuve que tomar un paracetamol, que evitó que el dolor de cabeza pasara a mayores, pero agravó el revoltijo de tripas que venía padeciendo.

Haciendo repaso de quién podría haber accedido a mi ordenador, recordé que hace unos meses tuve que salir corriendo y le pedí a Roberto que terminara un trabajo y lo enviara desde mi correo. Nuestra relación no atravesaba un buen momento, cómo pude comprobar el día anterior, pero no lo justificaba, ni tenía la percepción de que Roberto fuera capaz de aquella maldad. También recordé que Adrián fue el encargado del cambio de los sistemas informáticos que realizó recientemente una empresa subcontratada a tal efecto, y quizás pudo tener acceso de alguna manera. A este sí que le veía capaz de aquello, y de más. En todo caso acceder a un ordenador en estos tiempos, y con mi clave de alta seguridad «12345678» no se me antojaba muy difícil, con lo que cualquiera podía haber entrado impunemente y hacer cosas aún peores. Ahora empezaba a comprender la necesidad de un buen sistema de seguridad informático, aunque ¡un poco tarde!

Seguía dándole vueltas a mi más que peliaguda situación, y no entendía nada. Había recibido varias felicitaciones por mis informes de las dos importantes licitaciones que me habían encomendado, en las que incluso mi jefe había participado de forma muy activa, hasta el punto de que había sido agasajado no hacía ni un mes con una subida de sueldo. Bien es cierto que, tras el último expediente para nuestro mejor cliente una toda poderosa empresa, mi jefe me había ordenado repetirlo hasta tres veces, al detectar un problema financiero que imposibilitaba la operación. En cuanto, a la relación con mis compañeros era la habitual, con unos regular y con otros... simplemente no la había. Aunque no podía desprenderme de la amarga sensación que me producía haber llegado el último y haber pasado por encima de mis compañeros, en algunas ocasiones olvidando los principios elementales de la camaradería y el trabajo en equipo.

El día siguiente comenzó en la misma línea. Cuando llegué a mi mesa, al otro lado encontré a un hombre enjuto, bien afeitado, repeinado con la raya a un lado que se agarraba con fuerza a un maletín.

— Buenos días, en que puedo ayudarle. - me ofrecí nada más llegar, con la mosca tras la oreja, mientras me sentaba.

— Buenos días, me llamo Benito Díaz, tengo el encargo de Recursos Humanos de instruir un expediente contra usted por un caso de acoso laboral. —me contestó sin ningún miramiento.

— Cómo ya le expliqué a Adolfo no entiendo lo que está pasando, y desde luego no tengo nada que ver en ello.

Me sentí inmerso en un interrogatorio donde debía negarlo todo, y a punto estuve de solicitar un abogado. Me traicionaba mi gusto por el género policial.

— En todo caso vengo a informarle de que dispone de tres días para formular alegaciones, y que este tipo de falta muy grave puede conllevar un despido disciplinario. - dejó entrever una mínima sonrisa que me preocupó incluso más que lo que acaba de oír.

— A ver si puedo explicarle que, aunque el mensaje salió de mi ordenador, yo no lo envié. Pudo hacerlo cualquiera. - seguía respondiendo a preguntas que no me habían hecho. Algo que me estaba desconcertando sobremanera.

— Ya le he dicho que usted puede hacer las alegaciones que estime oportunas. Las pruebas de que disponemos son las que son, y no otras.

Aquella afirmación me dejo helado. Empezaba a tener la sensación de que alguien había dictado sentencia. Un silencio incómodo que me pareció eterno se rompió cuando se levantó mi interlocutor.

— Aquí tiene mi tarjeta. Envíeme cuanto antes sus alegaciones. Para no alargar el asunto en demasía.

Extendió la mano para entregármela. Tuve que agarrarla al vuelo pues ya se daba la vuelta para marcharse.

— Adiós.

Y se marchó sin más, dejándome mudo y helado a pesar de los veintiocho grados que padecíamos en aquella oficina, en los prolegómenos del verano, cuando aún no se ponía el aire acondicionado.

Después de lavarme la cara, intente poner en orden mis ideas. Y la primera conclusión era que alguien me estaba jugando una muy mala pasada, y la cosa podía dar conmigo en la calle. La segunda era que ese «alguien» debía tener unos motivos. Y tercero no debía ser alguien ajeno a la oficina. Me estaba jugando mucho, y o daba con aquel malnacido o malnacida (no quiero utilizar un lenguaje sexista, aunque en mi oficina no haya mujeres algo que nunca he entendido, y siempre he echado de menos) o acababa en las filas del paro.

Lo primero que decidí investigar fue quien podría estar en la oficina el día, y a la hora, que se envió el correo desde mi ordenador. Gracias a una amiga de control laboral y después de invitarla aquella misma noche a cenar, y pasar un rato del que no entraré en detalles, pero que me elevó la moral, descubrí que a esa hora sólo habían estado Juan y Adrián en el despacho. Al día siguiente, con la excusa de recuperar trabajo atrasado me quedé hasta tarde en el despacho y anduve fisgoneando. Primero en la mesa de Juan donde no encontré nada que llamase mi atención. Después, y con más ahínco, repase minuciosamente la mesa de Adrián. Accedí a su ordenador, gracias a la malsana costumbre que tienen algunos de apuntar su clave debajo del teclado, algo que yo evidentemente no necesitaba por razones obvias. Procedí a repasar meticulosamente su correo, y después de revisar la bandeja de entrada y salida sin encontrar nada que arrojase luz a mis preocupaciones, abrí la papelera sin grandes esperanzas. Allí pude leer un correo de mi jefe donde contestaba a las quejas de Adrián por darme a mí determinados trabajos, y a la postre haberme ascendido, teniendo en cuenta que había cometido errores de bulto, y que él tenía mayor antigüedad y experiencia en el despacho. Los términos que utilizaba no me dejaban en muy buen lugar, y se despachaba a gusto con descalificaciones. Por otro lado, mi jefe tan sólo daba acuse de recibo y «tomaba nota» de la queja.

Empezaba a pensar que Adrián era algo más que un candidato a jugármela de aquella manera. Sobre todo, por una afirmación que a cualquiera podría poner sobre aviso «y si no ya tomaré yo las medidas oportunas para acabar con esta injusticia», decía mi inefable compañero.

Decidí volver a examinar esos expedientes, donde según Adrián, había errores de bulto. Se trataba justamente de los dos informes que me supusieron un incremento salarial notable, y donde mi jefe se tomó un gran interés. Imagino que por tratarse de nuestro mejor cliente. Tras aplicarme una Coca-Cola desempolvé los dos dosieres, y tras un largo y tortuoso repaso, llegué a una conclusión que me empezaba a dar una pista de lo que podía estar pasando y no era otra que ¡Adrián tenía razón!

Con una enorme sensación de inutilidad y de culpabilidad, abrí el último trabajo que había hecho de esta compañía. Se trataba de aquel informe que tuve que repetir hasta tres veces y que permanecía bloqueado porque había encontrado un problema financiero que elevaba el riesgo de la transacción. Mi jefe había insistido en que era igual que los anteriores y que no suponía ninguna aventura. Lo que descubrí me dejo frío, pero arrojó luz sobre el asunto; había una coincidencia entre los tres informes, en todos se daban las mismas condiciones, en los dos primeros yo había dado mi beneplácito y en el tercero no. En este último había hecho bien mi trabajo, pero nadie me había felicitado, más bien todo lo contrario.

Solo me quedaba comprobar una cosa, y confirmar mis sospechas. Sí, allí estaba, la empresa que subcontrataba nuestro cliente figuraba en el registro mercantil a nombre del hijo de mi jefe.

Ahora me tocaba desenmascarar toda la trama, y seguramente granjearme el odio de algunas personas más. O bien podía con todo lo que sabía pedir un nuevo aumento de sueldo.

Ninis y nonos

Sonríe mirando al frente con decisión. Calle de Atocha arriba camina con paso firme Arancha. Una jovencísima mujer de veintiún años, cumplidos el uno de abril de dos mil trece, pero que afronta la vida con la misma determinación y confianza de quién dispuso de una larga vida. Y es que ella, tan morena, tan alta, saborea y exprime cada segundo de su vida. Así la recuerdo yo.

Arancha caminaba con paso firme, mientras se ajustaba una falda roja brillante a la cintura ante la atenta mirada de un grupo de jóvenes británicos, ataviados con camisetas de un equipo de fútbol, haciendo botellón a la espera del comienzo del partido. Arancha nunca para de pensar. Es tan positiva, tan decidida «Hoy vamos a llenar las calles. La gente poco a poco se dará cuenta de lo qué pasa. Solo necesitan un pequeño empujoncito» Se ha dado cuenta de la mirada de varios de ellos, y les guiña un ojo mientras sonríe y avanza, siempre avanza.

Por la calle Arenal, Luis caminaba escuchando música. Se levantó los pantalones que ya se le caían más de la cuenta. Tan grande y fuerte, y tan desgarbado mientras se contoneaba tímidamente al son de Amaral, tropezando con esas enormes zapatillas de *basket* que solo se quita para dormir. Luis se ajusta los auriculares a los oídos, con gesto de mejorar su entonación desafinada, de una letra que ha repetido mil veces en voz baja por la calles y plazas de Madrid «…si nunca nos jugamos nadaaa, qué más da quién pierda o gana. En esta tarde de domingo rara…» Y sigue cantando para sí esperando la oportunidad de volver a alzar la voz, bajita.

Un hombre de raza negra, alto y enjuto, avanzaba con paso lento por la Puerta del Sol. Andrés miraba de un lado a otro, incluso dándose la vuelta en algunas ocasiones. Se lo recrimina a sí mismo cuando ocurre, no quiere parecer inseguro y asustadizo, pero le dicen que lo lleva en los genes, y el suele contestar que no, que sus tatarabuelos fueron grandes guerreros, señores de las llanuras africanas. Un niño se le acercó ante la mirada furtiva y desaprobatoria de su padre.

— ¿Me puedes decir la hora? Por favor.

Andrés se sobresaltó y miro su reloj. Le extrañó y le agradó la pregunta. Casi nadie suele ser natural con él.

Luis ha llegado a una cafetería. Ha mirado el rótulo para confirmar su destino. Atravesó la barra del bar donde desayunan varios ejecutivos. Jóvenes con cara aniñada, todos de complexión atlética y trajeados, apuraban su café y un *croissant*. Al pasar a su lado, Luis volvió a ajustarse los auriculares y buscando su mejor tono, vomitó casi en el oído de uno de los comensales de la barra, un «… si nunca nos jugamos nadaaa…» Algo más alto de la cuenta. Aquel se giró bruscamente con gesto de golpearlo.

– Estas tonto o ¿qué te pasa? – le increpó el hombre. A lo que Luis respondió haciendo con las manos el símbolo de paz.

– ¡Tranqui hombre! – respondió mientras seguía andando de espaldas.

– Déjalo, Gonzalo no merece la pena montarla aquí y ahora. - le sugirió uno de sus compañeros.

Luis aprovecho para escabullirse de la zona de la barra en dirección a otra de las mesas al fondo de la cafetería. Allí, Andrés y Arancha conversaban sentados delante de un café y una infusión de menta poleo. Luis, mientras saludaba con la mano, se dirigió a un camarero que atendía en la mesa de al lado.

– Un té, por favor. - pidió al camarero que le miró algo molesto por la impaciencia que se delataba en el tono de Luis.

Luis se acercó a Arancha para besarla, simultáneamente que ofrecía la mano a Andrés para saludarlo.

– Arancha, Andrés. - saludó Luis con las prisas que le

caracterizaban.

— ¿Cómo andas? - respondió Andrés con cortesía. Una fórmula que nunca había entendido, pero que automatizó con el tiempo.

Luis se dejó caer sobre la silla y estuvo a punto de caerse si Andrés no se la acerca. Se retiró los auriculares.

— Vas Acelerado... ¡para hombre! - intentó frenarlo Andrés.

— ¿Qué tal en el bufete de abogados estirados al que fuiste ayer?

Se interesó Arancha, con algo de socarronería.

— Una panda de trajeados motivados. Me tuvieron mareando la perdiz un buen rato para luego decirme que no daba el perfil. Canteaba mazo que me dieron puerta. – dijo haciendo gestos sobre el pelo y señalándose la ropa.

— Pero si tú de perfil eres la caña. - se reía Arancha.

— Lo mejor es que al niñato trajeado que esperaba conmigo le ofrecieron ser pasante por quinientos cuarenta euros al mes ¡vaya mierda!... Y aceptó. - añadió Luis con mucha sorna.

— Otra vez será. - intervino Andrés.

Arancha y Luis se miraban con gesto divertido, pero Andrés reflejaba una tristeza serena, tranquila.

— Hoy tampoco pinta bien. Que nos coincida hoy la «mani» con la entrevista de trabajo, después de esperar un mes y llamarles treinta veces ¡ya es mala suerte! Dicen que no hay otra fecha.

— Y qué esperabas de los carroñeros de las empresas de

selección de personal. - le respondió Arancha a Andrés con cierta mala leche.

— Yo lo tengo claro. La mani no va a servir para nada. Ellos son los que reparten el trabajo, aunque sea una mierda. Me lo paso bien con vosotros, pero me agotáis con vuestros sermones. Así que yo voy a ver que me ofrecen. - declaró Luis con un tono de resignación que enervó a Arancha.

— Así que nos utilizas como monos de feria. Aquí el único payaso eres tú y toda esa tontería que tienes. Por mi parte puedes ir a todas las entrevistas de trabajo, con ejecutivos estirados, que quieras. - le espetó Arancha muy enfadada y con una voz que resonó por todo el local.

Algunos ejecutivos se removían en la barra al oír a Arancha, y miraban con inquina en la dirección de la mesa en la que se sentaban Andrés, Luis y Arancha.

— Tranquilos. Bajad la voz que no salimos de aquí. - argumentó Andrés en voz baja, mientras miraba el movimiento y los cuchicheos de la barra.

— No pienso ir a esa entrevista. Yo no quiero trabajo al precio de la sumisión. Quiero derechos y tengo dignidad.

— Eso ya lo he oído antes en la facultad, y sigues con la misma canción, que mira que te ha costado «petas» de profesores y cagarla en varias asignaturas. La realidad es tozuda. ¡Aquí estamos sin curro! - insistió Luis con un pragmatismo insólito.

– No sé cómo fue en vuestra facultad ser progre, pero sí sé cómo es en mi vida ser negro. - intervino Andrés dirigiéndose a Arancha - Sabes que te debo varias, pero necesito trabajar. Mis padres me costearon los estudios a base de lamer culos blancos en una portería, para que ahora los hayan sustituido por un video portero, para más inri en blanco y negro. Estoy dispuesto a coger cualquier cosa, aunque no me paguen.

Carmen y Luis se miraron atónitos. Un silencio tenso se apodero del grupo, a pesar del murmullo incesante de la cafetería.

– Para qué quieres trabajo si no te pagan, eso se llama esclavitud. - reaccionó Arancha con tono duro.

– Era una forma de hablar, necesito dinero y o trabajo, o… - interpuso avergonzado Andrés.

– No te rebajes, hombre. - intento contemporizar Luis, sin gran fortuna.

– Eso es lo que pasará si seguimos resignados, aborregados. Que trabajaremos sin cobrar.

Arancha se levantó sin mirarlos, recogió sus cosas y se fue. Andrés y Luis se miraron con gesto de resignación. Sin ofenderse. Conocían las formas y personalidad de Arancha.

Con paso decidido, Arancha atravesó la barra del bar. Gonzalo se giró para marcharse y chocó con ella, lo que provocó que cayeran al suelo algunos de los papeles que Arancha llevaba en la mano, y que había recogido precipitadamente de la mesa de la cafetería.

— Pero, bueno ¿esto qué es? La habéis tomado conmigo. - dijo Gonzalo con cierto malhumor.

Arancha, sin contestar, sin mirarle siquiera, se agachó rápidamente a recoger sus papeles. Gonzalo la miró, con algo de asombro, observó a Arancha, e inmediatamente cambiando la expresión de su rostro se agachó para ayudarla a recoger.

— Perdona, pero llevo un día... Voy acelerado.

— Vale, no te preocupes.

— Tú eres Arancha. La delegada peleona de tercero ¿verdad?

— ¿Cómo? - giró la cabeza mirándole a los ojos con una expresión de fiereza.

— Sí, mujer soy Gonzalo el delegado de quinto. Él que te sujetó la mano cuando le ibas a atizar al de laboral, en aquel consejo por las movilizaciones de Bolonia.

Ambos se levantaron al unísono, frente a frente, muy juntos. La expresión dubitativa de Arancha suavizó sus facciones, aunque no mitigaba su atractivo.

— Pues… no sé con aquel follón. Bueno, gracias. Tengo prisa.

Arancha se dirigió hacia la salida y Gonzalo la siguió, observando la ajustada minifalda roja que llevaba. Gonzalo no quería dejarla marchar así. Buscó dentro de su repertorio y añadió.

- Siempre me extrañó que una chica tan guapa fuera tan reivindicativa e inteligente.

- Lamento romper el mito masculino de "guapas y tontas". Adiós. - repuso Arancha cortante.

- Espera mujer, al fin y al cabo, me debes una. Y yo a ti una disculpa por arrollarte. - cogiéndola del brazo. Arancha se paró y se giró.

- No me debes nada, la culpa ha sido mía y….

- Mira yo sólo quería proponerte tomar una copa y que asistas a un foro de trabajo digno que estamos montando algunos antiguos alumnos. - la cortó Gonzalo.

- Paso de copas, pero ese foro ¿de qué va? - mosqueada y mirándolo de arriba abajo.

- Dame un teléfono y vienes un día, así me das tu opinión.

Lucía salió por la puerta de la vivienda unifamiliar donde vivía con su familia. Un pequeño *chalé* con algo de jardín a las afueras de Getafe. Se detuvo al borde de la puerta para recoger un pequeño paquete que le entregó su padre que venía detrás de ella.

— Papá, no hace falta que me hagas el bocadillo. Soy universitaria y mayor de edad, ¿recuerdas?

— Ya lo sé, pero déjame que te diga algo. - se acercó Juan a darle un beso.

— Bueno… - aceptó con resignación Lucía.

— No te dejes llevar por los amigotes, se prudente y reflexiva, tal y cómo eres tú.

— Claro, papa, como siempre. - respondió con cierto sarcasmo.

Cuando su padre cerró la puerta, Lucia tiró detrás de un banco su mochila y recogió un banderín rojo enrollado. Se marchó corriendo y saltando hasta toparse con un grupo de compañeros, cinco jóvenes de su clase que permanecían semiescondidos tras una esquina. Entre ellos se encontraba Arancha que la recibió riéndose y dándole un beso en la boca.

— ¿Dónde va la niña de papa? - preguntó Arancha.

— A meterse en líos, contigo nena.

El grupo se marchó con aire jovial, casi festivo. Abrazados y sonrientes, todos portaban pequeñas pancartas, banderines y camisetas reivindicativas. El padre de Lucía observaba desde una ventana en la segunda planta de la casa, con gesto de preocupación, al grupo donde su hija marchaba.

Andrés y Luis esperaban sentados en una sala, junto a otras personas. Luis se removía en su silla mientras observaba el móvil. Levantó la cabeza para mirar a una chica de mediana edad que acababa de salir de uno de los despachos casi llorando. Andrés se acercó al oído de su amigo, apartando el auricular.

— Un amigo dice que esta gente es muy exigente con la formación y la experiencia, pero luego pagan fatal. - dijo con voz baja.

Desde el despacho se oyó una voz áspera que dijo «Alberto Galíndez, pase por favor». Un hombre maduro, con alguna cana, trajeado y bien afeitado, entró cabizbajo dentro del despacho al oír su nombre. Una mujer mayor, vestida con dudoso gusto y muy maquillada, se dirigió al hombre que estaba sentado a su lado.

— Vera usted, el entrevistador que nos ha tocado es un caballero de los que no quedan. Eso sí, muy exigente, pero amabilísimo. Ya tuve mi primera entrevista con él hace meses y salí tan contenta a pesar de que no me dio trabajo, vuelvo siempre que puedo y voy para diez.

Andrés y Luis tuvieron que contener la risa, se cubrieron la cara con las manos mientras miraban para otro lado.

Arancha caminaba rodeada por una multitud de personas, a su lado se encontraba Lucía, casi hombro con hombro. El gentío repetía con fuerza las consignas que marcaba una voz con el megáfono.

— *¡Ea, ea, ea, menos beneficios y muchos más oficios!*

— ¿Quién demonios hará las rimas? - susurraba Arancha al oído de Lucía mientras el resto seguía coreando con fuerza.

— Lo mismo es de la patronal. - levantaba los hombros Lucía, mientras terminaba con una sonrisa que Arancha no pudo por menos que besar.

— Ahora van a ver estos como se reivindican los derechos en el siglo XXI.

Y Arancha se quitó la falda roja de un tirón, ante la mirada atónita de varios jóvenes manifestantes que enseguida la hicieron corro. Detrás llevaba otra blanca, más ajustada y corta. La falda se mostró cómo una pequeña pancarta que Arancha ondeaba con los brazos arriba. Enseguida Lucía se sumó agitando su banderín de Comisiones Obreras junto a Arancha.

— Bien hecho, hermosa. - gritó Lucía para que Arancha la pudiera oír bien.

Andrés permanecía sentado al otro lado de una mesa de un despacho, amplio y austero, con grandes ventanales, frente a su entrevistador. Un hombre mayor correctamente vestido con un traje gris oscuro le escuchaba algo impaciente.

— Tras terminar el bachillerato, realicé un ciclo de grado medio de electricidad y…

— Por favor, concrete su formación. - le pidió Juan con amabilidad, pero cortando el relato de Andrés.

— Soy ingeniero industrial electricista. - terminó Andrés casi cohibido.

— ¿De qué experiencia dispone? - preguntó Juan algo asombrado por lo que había escuchado.

— He hecho prácticas en varios almacenes como reponedor, tuve un contrato de un mes repartiendo publicidad. Busco mi primer empleo y por necesidades familiares me urge trabajar, aunque no tenga que ver con mi formación. - afirmó Andrés casi sudando, por lo que le costaba tener que decir aquello.

A través de uno de los ventanales, ligeramente entornado, se oía crecer una algarabía de gritos y cánticos que llegaron al extremo de provocar que Juan y Andrés miraran en dirección a su origen. Se trataba de una manifestación que se había parado justo debajo de las oficinas donde Andrés realizaba su entrevista.

— *¡Fuera las agencias de contratación! ¡No hagáis negocio con mi selección!* - coreaban los manifestantes con fuerza y desentonación.

Juan se levantó extrañado y se acercó al ventanal mientras se dirigía a Andrés para decirle, mientras miraba por este.

— Siento comunicarte que ahora mismo no tengo nada para ti.

Juan observaba el gentío. Detuvo su mirada sobre una persona que le resultaba familiar. Al descubrir entre los manifestantes a su hija Lucía dio un paso atrás como escondiéndose. Andrés también se había acercado a mirar por la ventana. Al reconocer a su amiga . Arancha, intentó saludarla. Ante el gesto de desaprobación del entrevistador, paro de mover la mano, y volvió a sentarse cabizbajo. Un joven ejecutivo, claramente enojado, salió por la puerta de uno de los despachos adyacentes a la sala de espera donde aguardaba Luis.

— ¡Será posible, me cago en la puta¡ … ¡hay que joderse! - dijo
   muy alterado y hablando para sí.

Cruzó la sala a grandes zancadas casi sin mirar pasando por delante de Luis, y tropezando con su pierna. Se miraron. Luis al reconocerle volvió la cara rápidamente.

— Yo a ti te conozco... ¡joder, el del bar! - dijo Gonzalo sin
   pararse, señalando con dos dedos en forma de uve.

Gonzalo abrió la puerta del despacho donde se encontraban Juan y Andrés con tal fuerza que ésta rebotó y le golpeó en el brazo, tocándose este con gesto de dolor grito colérico desde la puerta al interior.

— Suspenda todas las entrevistas. ¿Quién se han creído que son? Que creen los puestos de trabajo ellos, si pueden y si les dejamos.

Cerró dando un portazo. Se retiró a su despacho aflojándose la corbata y cogiéndose el codo derecho con el otro brazo, en un claro signo de dolor. Al entrar en su despacho, volvió a cruzar una mirada con Luis que intentó contener una sonrisa que se le escapaba de manera indisimulada. A su lado otras dos personas que esperaban junto a él miraban perplejos el espectáculo.

Luis, tras mover bruscamente de un lado a otro la cabeza, en señal de negación como si hubiera descubierto algo, salió corriendo por la puerta, dando un portazo en las narices de Gonzalo que salía de nuevo a la sala de espera con ganas de bronca.

Andrés ya se levantaba para marcharse, cuando Juan con un claro síntoma de abatimiento le invitó a sentarse de nuevo. Las voces seguían arreciando en sus cánticos e increpaciones a través del ventanal.

— Verás, he pensado que te puedo ofrecer una plaza que tenemos vacante hace algún tiempo.

Andrés escuchaba asombrado por aquel cambio y la tristeza

que reflejaba la cara de su interlocutor.

— Un contrato de trabajo como entrevistador *junior*, no requiere experiencia, necesitas un traje y solo tienes que escuchar, anotar y rechazar a los candidatos. Sería por tres meses con un salario de dos mil quinientos euros al mes, prorrogable.

Juan tenía que elevar la voz, y Andrés escuchaba su propuesta, asombrado, y seguía sin comprender porque aquel hombre no cerraba el ventanal, parecía como si se obligase a oír aquello, como si aceptase un castigo.

Un silencio se instaló entre ellos. Juan respiraba como cogiendo aire. Andrés meditaba, no la propuesta, sino su falta de entusiasmo ante ella. Juan alargó la mano para coger un pequeño portarretratos de encima de su mesa. Lo miró, sus facciones se suavizaron, y una pequeña lágrima amagó en sus ojos. Dejándolo de nuevo sobre la esquina de su mesa. Se dirigió de nuevo a Andrés.
— Hagas lo que hagas debes seguir estudiando. Continúa tu formación. No te conformes y persevera con tus objetivos. Haz cómo yo, un trabajo no lo es todo. - Andrés le miró con cara de no creérselo.

Luis salió disparado del portal, miró a un lado y a otro. En un grupo muy alborotador distinguió a Arancha, y corrió hacia ella.

Arancha al verle, se sorprendió, y abrió los brazos para abrazarlo. El grupo retomaba la marcha y los coros contra las políticas de empleo se recrudecían.

— *¡Más empleo, menos prevaricación!*

— *¡Más trabajo, menos frustración!*

Arancha y Luis cogidos de la cintura caminaban juntos. Al otro lado de la mano iba Lucía que los miraba con interés.

— ¿Qué neurona se te ha cruzado ahora? Cambias de opinión más que el presidente del gobierno.

— Ahora estoy seguro de que la manifestación ha servido para algo. - respondió Luis con sarcasmo, guiñándole un ojo a Lucía que le miraba sin acabar de entender aquello.

Cogió la pancarta de Arancha y la abrió con los brazos arriba, mientras Arancha y Lucía le abrazaban una a cada lado. Y Luis entonaba los cánticos del grupo.

Andrés y Juan se estrechaban la mano bajo la puerta del despacho. En la sala ya no quedaba nadie, y el vocerío de los manifestantes ya solo se percibía como un rumor.

— Si algo me ha enseñado una buena amiga es que el trabajo digno no es solo una cuestión de salario e ir bien vestido. - decía Andrés mientras se despedía.

— Sin dignidad no somos personas. - respondió Juan.

— Juanito, venga usted a la carrera, o sea ¡ya! - escucharon Juan y Andrés a una voz que procedía del despacho contiguo.

— Ahora mismo señor director. - contestó Juan levantando la voz para que se le escuchara.

Antes de entrar al despacho de Gonzalo, Juan se paró para volverse hacia Andrés. Al fondo del despacho Gonzalo realizaba unas anotaciones y miraba el reloj.

— Juan, a que espera, ¡venga usted aquí!

Juan dio unos pasos hacia Andrés que ya abría la puerta de salida.

— Andrés, espera.

Andrés se detuvo al oír su nombre con un gesto que había automatizado, como esperando una reprimenda, algo malo.

— Si encuentras abajo a una chica de tu edad, muy resuelta y con una larga coleta que responde al nombre de Lucía, dile que su padre la quiere y le pide perdón por no estar a su altura ¿Lo harás? - en voz baja y el semblante afectado Juan volvió a tender la mano a Andrés.

Gonzalo observó sonriente desde su ventana como la manifestación se alejaba. Comenzó a teclear en su teléfono móvil una invitación a un foro sobre trabajo digno con destino a Arancha «Mañana, foro job 20h + copa risas. Guapa. Gonzalo» Entró Juan y se acercó despacio, parecía que se daría la vuelta en cualquier momento. Gonzalo le observó, distinto.

— Usted dirá. - dijo Juan al llegar al borde de la mesa sin sentarse.

— Tengo una candidata al puesto de secretaria de personal. Anota su teléfono.

Saco un papel y un bolígrafo, empezó a anotar los números que le dictaban, y al terminar arrugó la hoja y la depositó encima de la mesa de Gonzalo. Y salió por la puerta.

Andrés consiguió unirse al numeroso grupo de manifestantes que anteriormente interrumpieron su entrevista de trabajo. Tras un largo rato de búsqueda, moviéndose con dificultad entre la muchedumbre acabó por encontrar a sus amigos, que proseguían con sus cánticos, bromas y risas.

— Vaya lío que habéis montado. - gritó al ver a sus camaradas.

— Y más que vamos a montar. - repuso Arancha, siempre tan dispuesta.

— Pues conmigo no cuentes. - respondió Luis, guiñándole un ojo.

Andrés sorprendido descubrió en el corro que sus amigos hacían, a una mujer con una larga coleta que respondía a la descripción de Juan.

— A esta chica tan guapa, yo no la conozco. - afirmó Andrés.

— Hola. Soy Lucía. Llámame, Lu. - respondió ante la sorprendida mirada de Luis y Arancha.

— Una gran, gran amiga. - apostilló Arancha.

Andrés se acercó a su oído y le dijo algo que hizo que su rostro se fuera iluminando, para terminar, vertiendo una lágrima enmarcada en una gran sonrisa. Todos continuaron sus cánticos y su marcha.

— ¿Qué te ha dicho este sin vergüenza? - preguntó intrigada Arancha a Lucía.

— Me ha contado un chiste sobre un trabajo de tres mil euros que ha rechazado.

Así siempre recordaré a aquel grupo de amigos que se marchó coreando los lemas de los manifestantes, riendo y saltando, abrazándose entre ellos. Arancha subió de nuevo la pancarta con los brazos en alto y Andrés la cogió en hombros. Entonces se puedo leer claramente en la pancarta «Nuestro trabajo, ser dignos». Y aún lo intento.

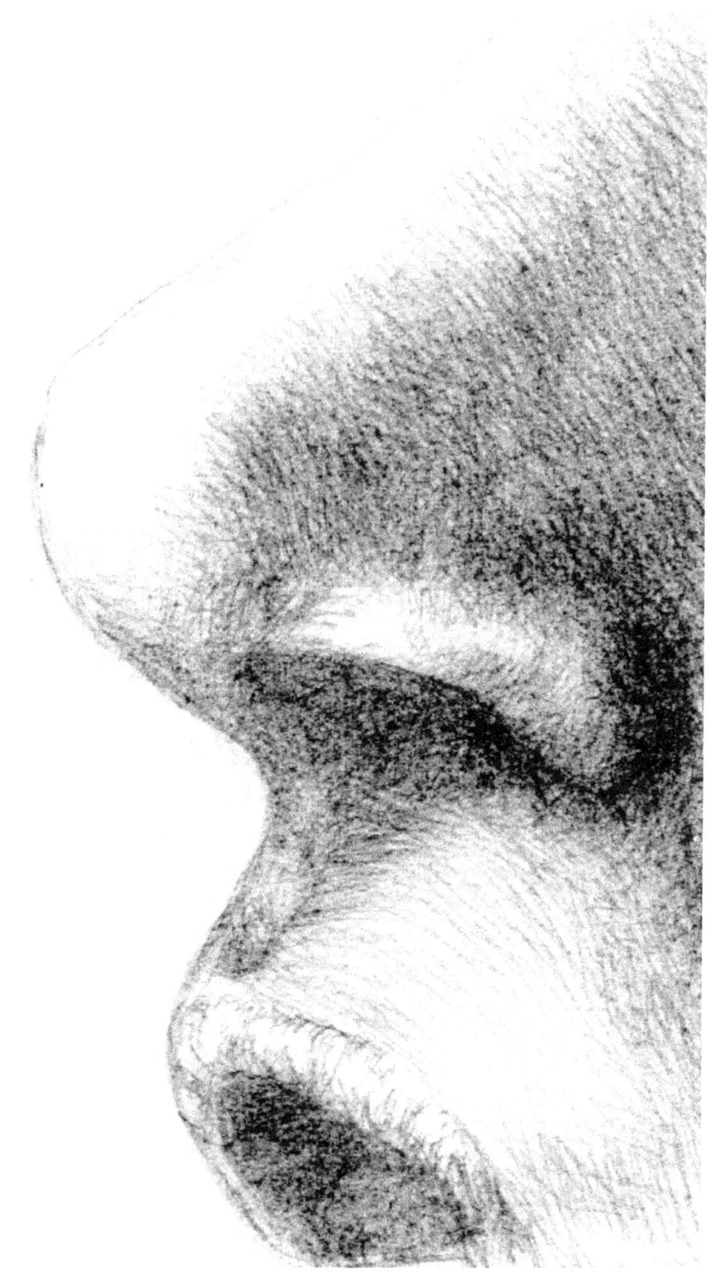

El becario

Entré por la puerta con ganas de comerme el mundo, y el mundo se me zampó de un solo bocado.

Tras terminar el grado de periodismo y leer una tesis sobre comunicación de conflictos sociales globalizados, deambulé de una redacción a otra, de prensa, radio o televisión sin conseguir ni siquiera algo parecido a un contrato de una semana. La certeza sobre la imposibilidad de conseguir un trabajo razonable como periodista, y el ultimátum de mi padre, pesaron considerablemente en mi para aceptar una oferta ostensiblemente poco tentadora.

Comencé un contrato en formación de tres meses, el día después del primero de mayo... ¡que aberración! El primer día de curro repartía cafés, botellas de agua y bocadillos, cómo si llevara toda la vida haciendo lo mismo. Peor fue cuando llevaba haciendo esto mismo quince días seguidos durante las diez horas, de media, que duraban las jornadas de grabación del programa. A mis veintisiete años no era aquella mi idea del trabajo, y menos en la televisión. Los escasos ochocientos euros mensuales al menos costeaban mis libaciones dominicales acompañado de alguna ninfa descarriada de evocadores senos, amén de apaciguar a mi progenitor.

Me dijo mi muy leído abuelo, que quién a buen árbol se arrima, buena sombra le cobija. Y me pegué a la falda, peligrosamente corta, de mi jefa. Un bellezón de casi cuarenta años. Atractiva, estresante y currante como ella no había muchas más, o yo no las conocía. Mujer de armas tomar, de carácter frenético. Vivía por y para su empresa. Se había abierto camino en el sector desde los veinte, cuando su tío la enchufó de secretaria en una pequeña productora de un amigo. Hacía dos años que había montado su propia empresa de producción, eTalent, dedicada a la producción de *talent-shows,* iniciativa que le había costado el divorcio, y la insufrible custodia de un impertinente pequeñajo de apenas diez años.

A punto de terminar mi contrato, Irene me llamó a su despacho. En vez de tras la mesa del despacho la encontré sentada en el sofá con las piernas cruzadas, echándose el pelo hacia tras.

— Siéntate, Rober. - puso la mano izquierda someramente sobre el asiento contiguo.

Me senté, un poco más allá de donde ella había señalado, con cuidado para evitar despeñarme por aquel escote sobresaliente ¡de diez!

— Quería decirte que estoy muy satisfecha de tu trabajo durante estos dos meses. Sé que el primer mes te pilló de lleno el rodaje de «Apuesta por mí», y el trabajo fue más… más coñazo ¿no?

— ¡Bueno! De todo se aprende. - contemporicé con habilidad.

— Eres un sol.

Cuando sonreía, Irene ablandaba al más terco, de los duros. Esto, su empuje y su constancia explicaban su éxito. Solo llevaba dos meses con ella, y besaba por donde pisaba.

— Quería saber cuáles eran tus proyectos ¿Qué piensas hacer?

— Pues, aquí he aprendido mucho, sobre todo de ti. - dejé caer con cierta complicidad - Aún no me veo capaz de producir nada, pero en un futuro me gustaría. ¡Vamos que quiero trabajar en la producción!

— Cuando vi tu currículo me quedé sorprendida. Pero tu labor en la empresa se me ha hecho imprescindible. Te has convertido en mi mano derecha. Y he pensado que a lo mejor te gustaría continuar. El salario es el que fija el mercado, tampoco puedo pagar más, pero con el tiempo si cuajan las ideas que tengo en mente…

Ahí se paró, miró hacia la ventana, y le brillaron los ojos. Luego se giró hacia mí, me tendió la mano que cogí, con la sensación de estar traspasando una frontera.

—	¿Qué te parece?

—	¡Estupendo! - me arrepentí de mi efusividad cuando le besé la mano.

Ella me atrajo hacia sí y me besó. Mi mano ya circulaba por terrenos hiperbólicos cuando me eche encima de ella.

Aquel sofá se transformó en el centro de nuestra relación. De grandes polvos para celebrar el trabajo bien hecho, y lo que nos deseábamos, o de rápidos escarceos para desquitarnos de los sinsabores de la profesión, y desfogarnos.

Durante cuatro meses, dos semanas y tres días, me dediqué a trabajar doce horas para Irene, y a satisfacer sus apetitos sexuales el resto del tiempo. Cobrando por lo primero una miseria, y pagando por lo segundo si me lo hubiera pedido. Cuando me encomendó la producción ejecutiva de una pequeña serie de programas «cámara en mano», con un sueldazo de cuatro mil euros, me sentí el hombre más afortunado de la tierra. La invité a un hotelito con *spa* privado y follamos toda la noche tomando champán francés. Lo nuestro iba de boca en boca en el mundillo de la producción audiovisual, entre nosotros «telebasura».

A pesar de ser una castaña de programa, la producción de trece capítulos de veinticinco minutos nos llevó cuatro meses. Contaba con un equipo de treinta personas, contratadas de las más variopintas maneras; contratos por obra, becarios, en prácticas, por horas, y todos por salarios ridículos. Entonces, nunca me sentí mal, ni siquiera reparé en ello. Era lo que había. El programa fue un desastre, pero tuvo audiencia y lo mejor dejó más de quinientos mil euros de beneficios. Mi vida había cambiado, me sentía en la cresta de la ola. Fiestas, dinero, una mujer impresionante, tenía cuanto soñaría cualquiera, pero algo rechinaba.

Para mi segundo encargo Irene me dio mayor libertad y realicé personalmente la selección de personal.
– Siéntate, Laura. - le señale el asiento contiguo al que yo ocupaba en aquel diván a estrenar en mi pequeño despacho.
Enseguida Laura, aquella jovencísima, altísima, guapísima y amabilísima mujer se convirtió en mi ayudante personal. A ella le dedicaba las fuerzas que me restaban tras atender mis intereses con Irene. Había aprendido demasiado bien de mi espléndida jefa.

A los pocos meses repetí la operación con Sandra, y luego con

Lucía. Semejante esfuerzo me obligó a buscar sustancias reconstituyentes que me ayudasen a mantener aquel ritmo de vida; mucho trabajo, muchas fiestas y mucho sexo. Una vida tan banal y frívola, como inservible. ¿Qué estaba haciendo? ¿dónde habían quedado el periodismo y los conflictos sociales? La preparación de años y los anhelos de mi juventud los lancé por la borda. Todo parecía perdido en un sin sentido de dinero, sexo y drogas. Pero quería más, y más.

Irene tardó menos de lo que yo esperaba en darse cuenta de todo. Había traicionado su confianza me dijo. Era un hijo de puta que follaba bien, pero hasta arriba de todo no le servía para nada, así que me despidió.

Tarde varios meses en quitarme toda la mierda que me había metido en el cuerpo. Me dejó un pequeño tic en un ojo, y frecuentes dolores de cabeza. Resituarme me costó algo más. Por Sandra conocí, que mi lugar ya lo ocupaba un moreno que había trabajado en productoras de Miami, al parecer me sustituía en todo y para todo, según me contó muy pormenorizadamente. Echamos un polvo por los viejos tiempos tras tomar unas cervezas, y no he vuelto a saber más de ella. Ahora me gano la vida como cocinero en un restaurante italiano. ¡Me encanta la pizza! Dedico el resto del tiempo a coordinar un gabinete de prensa de una pequeña ONG que trabaja por la igualdad salarial y contra las desigualdades sociales. Sigo intentando desentrañar para que habré venido a este mundo, mientras intento masticarlo mejor para que no se me indigeste. Por cierto, la chef es un pibón.

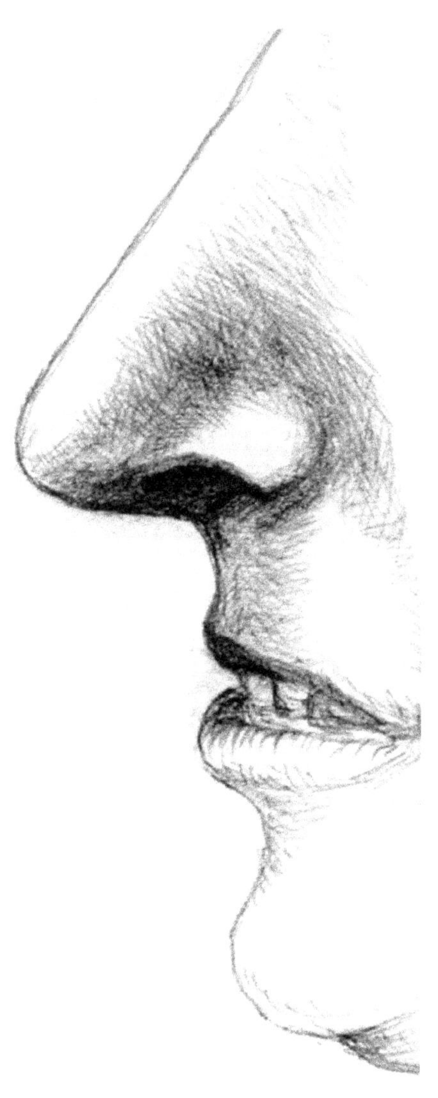

El viaje de retorno

La llegada había sido abrupta; nuevo trabajo, nueva ciudad y nuevas compañías. Allí estaba, sin un amigo, ni siquiera un conocido. La primera impresión fue desalentadora. Al terminar de recorrer las instalaciones de la emisora se confirmó esa sensación que me sacudió con fuerza tras cruzar la puerta.

El gran portalón de madera chirriante del viejo edificio, situado en el *carrer* de Sant Bartomeu en los prolegómenos de la Plaza de Cort, daba paso a una moderna puerta acristalada con un luminoso en la parte superior. Los contrastes se sucedían por todo el local. Tras cada puerta un suspiro, y un imperceptible gesto de resignación acudía a mi rostro. El vestíbulo albergaba dos sofás de *eskay* rojo junto a una vieja consola de audio y un *rack* de conmutación que constituían el descorazonador centro neurálgico de la instalación. En una habitación contigua sobre una mesa camilla varios micrófonos esperaban que locutores se sentaran sobre las sillas de madera que la rodeaban. Sin solución de continuidad el control de sonido se disponía con viejos tocadiscos y los incombustibles magnetófonos *Revox*. En una esquina junto a la pared, un arpa enmudecida descansaba; al otro lado un lacerado piano adornaba la estancia. Hacia el interior encontré la redacción, un desordenado amasijo de carpetas y papeles donde yacían varias máquinas de escribir y un solitario ordenador. Unos anaqueles llenos de viejos vinilos mal clasificados conformaban la fonoteca. Enfrente el teletipo no paraba de escupir papel con noticias de agencia. Después varios despachos con grandes ventanales desconcertantemente amueblados, y para terminar la joya de la casa, el estudio principal acondicionado acústicamente, y dotado con tecnología de algo más de un lustro.

Tuve claro desde el primer momento que aquella ocasión tendría que aprovecharla. Necesitaba aquel trabajo, aunque supusiera abandonar mi confortable y reducido ecosistema. Aquella alocada y meditada determinación escondía la avidez de seguridad económica que nunca tuve en mi infancia. Por supuesto que fue la decisión más difícil de mi todavía corta existencia, y también constituía mi mayor aventura. Y una manera de alejar el mal de amores, no correspondidos. En todo caso no tenía vuelta atrás. Estaba a ochocientos kilómetros de casa, por tiempo indefinido, pero determinado a desentrañar aquel giro en mi vida.

Quimi se esforzó en mostrar el lado amable de aquella vieja instalación, destacando las bondades de trabajar en un sitio pequeño, con mucha autonomía e integrado cómo en una familia.

Yo no encontré ninguna ventaja en sus argumentaciones. Era domingo, y él se encontraba de guardia. Estaba sólo cuando llegué, a punto de marcharse. A continuación, hizo un par de llamadas, y acudimos a encontrarnos con dos de mis nuevos compañeros en una discoteca de moda de la ciudad, que Quimi dirigía en su tiempo libre para complementar sus ingresos.

Salva y Lucas eran veteranos en la radio. Salva, pequeño y robusto, de movimientos cortos y rígidos, era oriundo del lugar. Llevaba toda la vida trabajando allí, saliendo a realizar retransmisiones con los equipos en el maletero de su propio vehículo, así como operaciones de mantenimiento en las instalaciones de producción o en los postes de emisión. Lucas llegó hacia cuatro años. Bien vestido, traje liso entallado y corbata, bien peinado, y oliendo a perfume caro, era catalán de cuna, ingeniero y mujeriego a simple vista.

En la residencia todo me pareció antiguo y provinciano. La señora que la regentaba aún más. Durante la cena pude conocer a algunos de los residentes. Mi compañero de cuarto, un valenciano que trabajaba en Telefónica, ya dormía cuando entré en aquella habitación fría y espartana. Sólo quedaba disponible aquella cama en la pequeña pensión de estudiantes que me recomendaron antes de viajar desde Madrid. Compartir cuarto no entraba en mis planes de independencia, algo que también me contrarió en exceso. El mobiliario del dormitorio estaba compuesto por dos camas, colchón sobre tabla, dos mesillas con una escueta luz, y dos pequeños armarios. Una puerta acristalada de madera daba a un pequeño balcón sobre la avenida, donde circulaban vehículos a gran velocidad, y que permitía que la luz de farolas y luminosos entrara a raudales en el cuarto.

En mi segundo día las presentaciones se fueron sucediendo de manera interminable, el director Román, el jefe de estudios Alfonso, y uno detrás de otro el resto de compañeros, al finalizar el día, de muchos ya no recordaba el nombre. Un día de nuevo prolijo en nuevas amistades, que el futuro sustancia siempre de diversas maneras.

Aún seguía sin apagar el estremecimiento untuoso que me provocaba mi decisión. Podía haber optado, como hicieron otros, a un destino próximo a Madrid, o al menos transitable por carretera. Fui más osado, tendría que cruzar el mar para volver. Coger un avión, o un barco ¿Me estaba poniendo obstáculos a un posible regreso? Bien es cierto que no quise escoger aquella comodidad de la cercanía a costa de una pueblerina y taciturna ciudad del interior. Mi emancipación seria a lo grande, en un lugar bañado por el sol del Mediterráneo. Una ciudad cosmopolita donde mi espíritu se inundase del rumor del mar.

Atrás había quedado mi antigua vida ¡Madrid! Habían quedado la familia, los amigos de la infancia, y aquella mujer de ojos chispeantes, labios en flor, y expresión refrescante. De una naturaleza tan sensual como nunca había conocido. Aquella piel del color de la nieve al atardecer ¡Tan deseada! ¿De verdad quería olvidarla? O no quería o no podía.

Los primeros días de trabajo fueron mortificantes. Aquellas vetustas instalaciones parecían haberse configurado con los desechos de lo que dejé atrás en mi anterior centro de trabajo. El ritmo trepidante y los amplios equipos humanos de los que había participado, allí habían sido reducidos a la mínima expresión. Unos cuantos teletipos, los periódicos de la mañana, una docena de discos, un presentador y un técnico, yo, aquel cóctel deparaba el programa despertador de la radio pública en la isla. La falta de alicientes, la monotonía y una lentitud instalada en el común de los mortales en el desarrollo de las tareas, dilataban el transcurrir del tiempo hasta llegar al extremo ¡Esa parsimonia exasperante! Aun así, trataba de poner buena cara a lo que parecía la vuelta a la edad de piedra. Encajar iba a costar, pensé.

El primer fin de semana, casi sin conocer a mis compañeros de excursión, me monté en un Renault-5 Turbo rumbo a la playa, con unos cuantos bocadillos improvisados en el colmado de la esquina de enfrente. Tan distinto, tan diferente, tan amables estaban siendo conmigo, que la sensación de pérdida y la aspereza del cambio lo estaba digiriendo con más naturalidad de la esperada, no sin esfuerzo por mi parte.

La ciudad era serena. Trufada de calles evocadoras, y agradables para deambular por ellas. La piedra tenía un tacto que apuntaba con certeza a su larga historia. El olor del mar refrescaba las tardes cálidas. Y la límpida luz del mediterráneo iluminaba el corazón en los momentos de añoranza.

Las ramblas del Born bullían los viernes y sábados por la tarde, plagada de terrazas, heladerías y tiendas de moda. Cuando se instalaba la noche en las calles circundantes una infinidad de garitos deparaban a los viandantes, y a la canalla anexa, toda una variedad de productos gastronómicos. Un festín de sabores y olores. Tras la media noche el paseo marítimo y la zona de Gomila recogían en sus discotecas y locales de moda a los jóvenes, y los no tanto, que bailaban sin cesar hasta altas horas de la madrugada envueltos en vapores etílicos, cuando no se decantaban por sustancias estupefacientes. La ciudad ofrecía dos caras de una misma esencia mundana.

El primer mes transcurrió, en lo laboral, poniéndome al día y conociendo a la reducida plantilla de dieciséis personas que trabajábamos en la emisora. Caprichosamente divididas en dos grupos, unos con el director, los menos, el resto detrás del eterno aspirante, un periodista oriundo con peso específico en el partido gobernante en la comunidad que hacía las veces de jefe de medios. Aquello me producía una conspicua desazón. En lo social la cosa fue más variada. Salidas nocturnas a las zonas de marcha. Cine, mucho cine hasta tres veces en semana, y mi afán por fotografiar el nuevo mundo que se asomaba a mi cámara, a cualquier hora en ningún lugar en concreto. Los domingos recorrimos extensas playas donde nadar y yacer extasiado, escudriñando disimuladamente a mujeres que paseaban sus cuerpos bajo el sol.

Durante las cenas y fines de semana fui poniendo a cada uno de mis compañeros de residencia en su sitio. En su mayoría eran universitarios; cuatro ibicencos, dos del norte de la isla y dos menorquines, dos currantes de telefónica, uno de valencia y el otro canario, el hijo de la dueña, la dueña, y una mujer encargada de las labores de la pensión. En fin, una caterva de afanados jóvenes en la erudición universitaria y la lascivia nocturna, que instigaron para que me decantase en libaciones alcohólicas que afloraban mis más enardecidos y oscuros deseos.

Alejado de familia y amigos cualquier acción u omisión era decisión mía, con o sin la esperada reflexión. Por ello, la sensación de independencia crecía de manera avasalladora, tanto como la soledad que legítimamente conlleva, sumado a la añoranza de la tierra que me vio nacer, los recuerdos fruto de mis veinte y un años de vida, las sensaciones contradictorias afloraron.

Cuando asumí la paradoja de la idea que se debatía en mi cabeza ¡volver a casa! establecí con mis jefes un *estatus quo* que me permitía cada dos meses regresar a Madrid unos días, a cambio de trabajar varios fines de semana.

Sólo habían transcurrido dos meses. La excitación de la vuelta a casa. Los besos y los abrazos de la familia. Las palmaditas en la espalda de los amigos tomando cervezas. Las inacabables preguntas de todos ellos. Y ella, allí estaba hermosa, provocándome una sensación inabarcable que me estremecía hasta la médula. Esa jubilosa alegría que irradiaba se convertía en mi conocimiento de su rechazo, en una descorazonadora tristeza. Y así evitaba… encontrarme con ella.

Fue una semana para recobrar el pulso de lo que quedó atrás, y mirar de nuevo al horizonte con perspectiva. Muy al este, más allá del mar, por donde sale el sol, allí se situaba mi futuro más inmediato. Aquellos días templaron mi espíritu y enardecieron mi dolido corazón. Puse el momento en su justa medida, y me repetí hasta la extenuación que podría vivir sin aquella mujer.
¡Seguro que habría otras!

Ojalá el corazón complaciera a la mente.

El paso del tiempo, con sus idas y venidas, con su afanoso que hacer diario me llevaron al final del verano. Las vacaciones las dejé para Navidad. Allí estaba trabajando donde siempre quise ir de veraneo. Con Pep y Jaume fui descubriendo el interior, y asomándome al balcón del mar a refrescarme cada semana. La jugosa y rica gastronomía mediterránea me extasió. La tranquilidad de los pueblos del interior contrastaba con las tórridas zonas de playa de la ciudad. Y pude dar consuelo a uno de mis mayores deseos, navegar. El silencio del viento contra las velas, el suave ronroneo del casco abriendo el mar. Un placer para el alma, una jubilosa distracción para el corazón.

En el trabajo, la parsimoniosa rutina de los insustanciales programas informativos era amortiguada por los bocadillos en la cafetería de abajo. Ayudaban mucho aquellos *pa amb oli* chorreantes que preparaba Bartual a media mañana en el *celler* de la Plaça de Tagamanent, acompañados con una refrescante cerveza. La retransmisión de algún partido de futbol, o la grabación de algún concierto mantenían viva la llama por la profesión.

Las Navidades en Madrid transcurrieron entre los eventos familiares, reuniones de amigos, partidas de mus en las sobremesas, discotecas y bares de copas. En las primeras había que cumplir con lo esperado, en las segundas los amigos asumían mi nueva jerarquía, en lo tercero perdía como uno más, y en las discotecas y bares de copas perseguía mujeres hermosas, buscándola a ella.

Ya iba por la cuarta vez que volvía a Madrid. Empezaba a ser consciente de mi nueva personalidad. Tendente a exagerarla en presencia de mis amigos o de mujeres, mostrando una mayor autoridad, seguridad y experiencia. Era el único que trabajaba y viajaba de aquella manera. Y mi sueldo daba para agasajar a los más próximos.

Cuando me correspondía alguna mujer, y pensaba que allí acababa mi congoja, el acto de despojarme de mi anhelo me la traía de nuevo, sentía su permanecía, su presencia como un aleteo de mariposas en el estómago. Así que enfrentarme a ella era mi única salida. Escuchar de sus labios el no más rotundo. Condenarme con sus palabras de desamor. Torturarme con su desprecio y su desdén que me expulsaran al odio que definitivamente me apartara de aquel sin sentido.

Hablamos, mucho… y cada vez más cerca. Y no la odié.

Al abrir los ojos ella me miró. Entorne los párpados para enfocar su rostro al contra luz del ventanal. Allí estaba sosteniendo mi mirada. Se giró. Un aire húmedo levantó sus cabellos y llenó mis pulmones con la brisa fresca y alegre de la mañana. Acerqué mi mano a su rostro iluminado. Mi vello se erizó y volví a sentir lo que la noche me trajo.

De vuelta a Palma en el avión, cuando fui consciente de su amor, mi vida cambió.

El afrancesado

Pierre de la Fontaine, cómo se hacía llamar, acababa de llegar de París. Diez minutos recorriendo las hediondas calles de Madrid, tras cruzar el Manzanares por el puente de Segovia, y ya maldecía en francés su mezquina suerte. Había llegado a la Ciudad de la Luz haría unos siete años, justo después del golpe del general Bonaparte que acabo con los rescoldos del estallido revolucionario. Fue enviado por su padre, Fernando de la Fuente Navarro, gran seguidor de la ilustración francesa, para que estudiara en la Sorbona y se empapase de la grandeur francesa, frente al infantil provincianismo español según él mismo explicaba. Habían sido unos años increibles. Los estudios de filosofía natural habían pasado en poco tiempo a un segundo plano debido a las fiestas, a la camaraderia universitaria y a las exuberantes y desinhibidas mujeres parisinas. La burguesía acaudalada con la que había confraternizado gracias a los contactos y el dinero de su padre, vivía en una exaltación de los placeres terrenales. Y no le costó mucho acomodarse a tales exigencias y sacarles el máximo partido.

Pedro de la Fuente Casares tenía veintiséis años. La indeseada vuelta a su ciudad natal, causada por la trágica muerte de su hermano pequeño, ahogado en el río bajo circunstancias poco claras, le había agriado el carácter. Durante los funerales sus viejos compañeros, ansiosos de conocer sus aventuras, le invitaron a distintas fiestas, conciertos y reuniones sociales, obteniendo todos ellos desconsideradas negativas de Pierre. La primera semana se quedó recluido en su domicilio hostigando a su padre para volver a París. Quien objetó que era el momento de asumir ciertas responsabilidades en el negocio familiar y dar por concluida su formación académica.

Enseguida buscó consuelo, durante las noches bajo las sábanas de una de las doncellas de su madre, y durante el día en varias de las tabernas de la Plaza Mayor, y adyacentes. La ciudad andaba levantisca con la entrada de las tropas francesas y sus desmanes allí donde acampaban. No se hablaba de otra cosa en los locales que frecuentaba, y sus modales, acento y la defensa cerrada de los ideales franceses sólo le granjeaban enconos.

Tras varias broncas y desavenencias con antiguos camaradas, la mayoría hijos de nobles y acaudalados comerciantes de Madrid, su padre le pidió que hiciera lo posible por recomponer la situación. Pierre decidió realizar un baile en la casa familiar de verano en Aranjuez e invitar a sus viejos camaradas con la intención de desagraviarlos, también a algunos oficiales del ejercito napoleónico con la idea de confraternizar y así demostrar su fe en la visión ilustrada de los franceses. Además, aseguró la asistencia de tres damas parisinas que acababan de llegar a Madrid.

La fiesta transcurrió en un gran salón donde se bailó, se bebió en demasía y en los distintos corrillos se habló de política y de negocios. Para terminar Pierre anunció una sorpresa que les esperaba en el jardín. Un lienzo blanco iluminado por detrás permitía ver las sombras que proyectaban tres mujeres que se iban desnudando mientras realizaban un baile muy sensual para terminar acariciándose lascivamente. Pierre fue felicitado efusivamente y la fiesta estuvo en boca de todos los mentideros de la corte.

A las pocas semanas volvió a organizar otra fiesta a petición de la delegación francesa, dado que el general al mando del ejercito napoleónico deseaba acudir. Pierre quiso informarse de los gustos del general. Supo que era muy mujeriego y liberal en sus costumbres. Así que habló con las bailarinas para dotar de mayor sensualidad el espectáculo, que se representaría sólo para unos pocos invitados. La fiesta se desarrolló entre risas y bailes. Al finalizar, un selecto grupo de nobles, militares y damas de la corte de moral distraída, minuciosamente escogidas, encabezado por el general francés accedió a una sala algo más pequeña donde un lienzo blanco era iluminado por detrás. Comenzó a sonar una suave música de violín y entrarón al otro lado del lienzo tres damas que bailando se iban despojando de sus ropajes. Una vez desnudas comenzaron a besarse y acariciarse muy lujuriosamente. Las expresiones de sorpresa y los comentarios fueron incrementándose. Al aparecer un hombre desnudo que proyectaba sobre el lienzo lo que parecía una prominente erección, se produjo un sobresalto generalizado. La excitación y suspiros fueron in crescendo por toda la sala, pero nadie la abandonó. Las sombras chinescas eran de gran belleza y sensualidad. Algunos miembros de la sala buscaron miradas cómplices entre las damas que los acompañaban. Al poco varias parejas se besaban y despojaban de las ropas. Las bailarinas rodearon al hombre que tendido sobre un diván besaba y acariciaba sus pechos. La mayoría de la audiencia seguía de reojo el espectáculo mientras se afanaban en complacer a sus improvisadas parejas, salvo el general que seguia imperturbable admirando la representación. Llegado un momento se levantó, se dirigió hacia el lienzo, lo bordeó, se desnudó y comenzó a participar de la función de sombras. Todos se quedaron atónitos.

Al día siguiente un mensajero del ejército francés entregó misivas a todos los que acudieron al espectáculo de sombras con claras

indicaciones de lo que podría suponer una indiscreción. La de
Pierre además recogía una felicitación y una "petición" para que
antes de quince días se repitiese de nuevo tan formidable fiesta.
Esta nunca llegó a realizarse, puesto que tres días más tarde se
produjo en Madrid el levantamiento del dos de mayo de 1808.

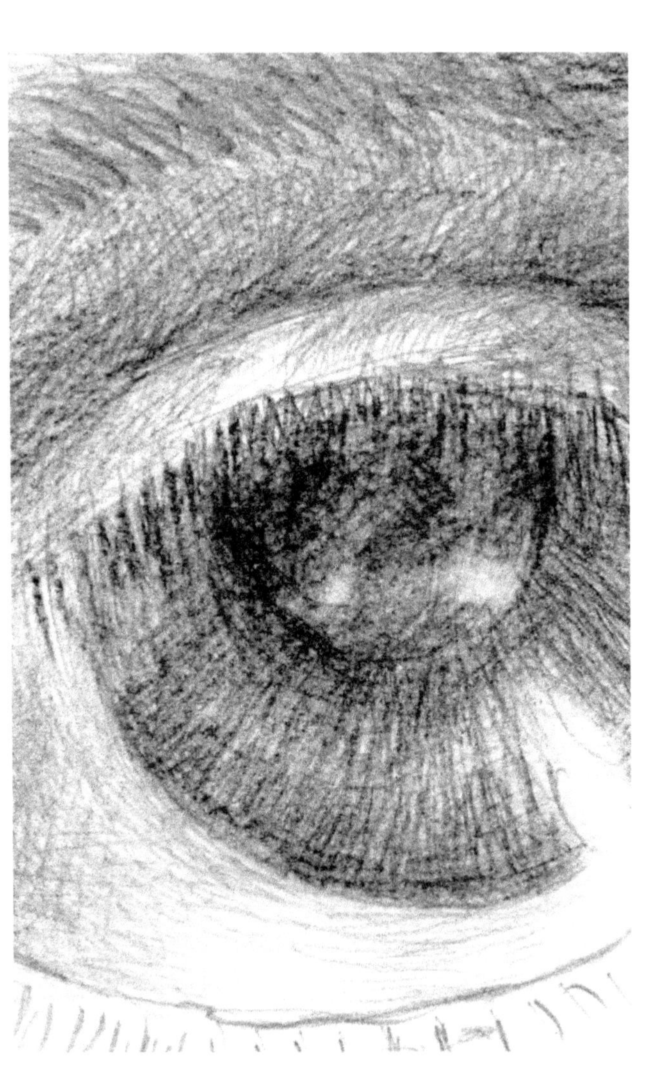

epílogo

(Licencia poética del autor)

¡Oh, mi sueño!
divina noche que te tuve
un cálido olor empapó mi mente

¡Oh, mi sueño!
tu presencia iluminó mi cuerpo
tus suspiros humedecieron mi cama

¡Oh, mi sueño!
cuántas noches tus desvelos avivaron el fuego
cuántos amaneceres tu rumor embriago mi alma

¡Oh, mi sueño!
sin ti mi vida no vivo
sin ti ni la esperanza ya espero

¡Oh, mi sueño!
soñando me duermo
escribiendo te consigo